男友说我得了抑郁症

学中文的
许小姐 著

中信出版集团 | 北京

图书在版编目（CIP）数据

男友说我得了抑郁症 / 学中文的许小姐著 . -- 北京：
中信出版社 , 2022.11
ISBN 978-7-5217-4773-7

Ⅰ . ①男… Ⅱ . ①学… Ⅲ . ①长篇小说－中国－当代
Ⅳ . ① I247.5

中国版本图书馆 CIP 数据核字 (2022) 第 173360 号

男友说我得了抑郁症
著者：学中文的许小姐
出版发行：中信出版集团股份有限公司
　　　　（北京市朝阳区惠新东街甲 4 号富盛大厦 2 座　邮编　100029）
承印者：　河北赛文印刷有限公司

开本：880mm×1230mm 1/32　　　印张：7　　　字数：150 千字
版次：2022 年 11 月第 1 版　　　印次：2022 年 11 月第 1 次印刷
书号：ISBN 978-7-5217-4773-7
定价：48.00 元

推荐序：你好，钟西西！

　　初识钟西西大概是在五年前，一位朋友打电话给我，说："有一个故事很适合你拍，可以考虑做成长片，要不要看看？"隔天那本叫《男友说我得了抑郁症》的小说摆在了我的桌子上。虽然彼时对抑郁症还缺乏了解和认知，但依然被小说里的人物和故事吸引，认识了钟西西，也认识了那个指出她得了抑郁症的男友冷小星，在跟他们一起经历了那段磨难重重但也充满了温情和治愈的人生旅程之后，这个故事似乎就在我的头脑里住了下来，像是认识了许久的朋友，它偶尔会冒出头来跟我打个招呼。五年之后，恰逢小说出新版，我也有机会跟故事里那个叫钟西西的女孩打一声招呼："好久不见！祝你一切都好！因为曾跟你一起经历过，所以别担心，一切都终将美好。"

辛爽

2022. 10. 13

I

自序：过去种种拼凑出未来

转眼间，距离这本书开始在豆瓣网站上连载已经过去 8 年了。编辑说让我在这次出版前写一篇序言，脑海里回旋的便都是一路走来所经历的各种细节。8 年来，就像每个人一样，生活带给了我诸多的惊喜与惊吓。但整体来说，我深深感恩所遇到的一切。

写这本书的日子在记忆中已经变得有些恍惚。那时候我应该非常年轻，是一个痛苦而困惑的年轻人，苦大仇深地想着：为什么别人的生活充满鲜花与朝阳，而我却生活在一片绝望的沼泽之中。现在回想起来，那时的我是那么可爱，真切地思考着人生中最根本而艰深的问题，并毫不畏惧地将它们一股脑儿表达了出来。于是，就有了现在你们看到的这本书。某种程度来说，这大概是独属于我的一种年轻而朋克式的表达。

或许是因为对人生低谷期的境况描写得十分真实，从这个故事发表的那一天起，我便不断地收到各种读者反馈。小说最早在豆瓣阅读上连载，而我至今仍然会收到来自"病友"们的豆邮，他们告诉我，这个小小的故事让他们在被生活重击的某段时光里，觉得自己并不是一个人在面对那些虚无、恐惧、悲伤、茫然。我喜欢收到这样的来信，我至今仍然相信：只要故事能够为读者带来一丝丝的开心或者安慰，它就是值得的。但这本书所给予我的远不止这些。毕业之后，因为专业关系，我一直从事着和文学文化相关的工作，而每到一家新公司，我总能在新同事中发现这本书的读者。这让我有些受宠若惊，同时让我惊异于一个故事、一段生活的记录，是如此奇妙地连接着原本并不相干的人们。这大概是因为人类的本性相通，喜乐与悲哀可以通过文字共享。想到这里，我又有了小时候最初发现文学的魅力时那种兴奋与激动。这个故事就像一粒小小的种子，从一个连载，变成一本书，后来又有影视公司的制片人喜欢，预备将它开发成另一种视觉化的呈现。

作为一个作者，这本处女作带给我的，已经太多太多。我想，这不是因为我写得有多好，而是因为故事本身的真实、勇敢、温暖，如一簇小小的火苗，在你难过的时候，让你笑中带泪。它或许不能带你走出低谷，但它从不指摘你、评判你，它只是陪伴着低落的你，把你想说而说不出的，一一展现给你看。也许，你由此而豁然开朗。

8年的时间足够改变一个人。钟西西再也不是问题少女，而变成了文艺中年。她和冷小星步入了婚姻的殿堂，可在婚礼上却差点成为"逃跑新娘"。她做过记者，当过编辑，现在居然可以在一个很大的娱乐文化公司做着管理，带着团队。但不变的，是她作为"学中文的许小姐"，对文学理想的热爱与追求。现在的她，每天上班忙碌之余，还在不停地搞创作，希望最终能成为一个像曹雪芹和村上春树那样的作者，与文学朝夕相守——这大概是另一个故事了，《男友说我得了抑郁症》的后传。未来的某一天，也许我会写下来告诉大家。

最后的最后，我或许该回答那个无数读者问过我的问题："这是你自己的故事吗?"

我的回答："是的。"

但它同时也属于你们每一个人。

学中文的许小姐

2022 年 9 月 4 日　于家中

目录

V

第一章

为什么是

抑郁症

1. 我

北京 11 月初的某一天，我从一夜不停的稀奇古怪的梦中醒来，蒙蒙眬眬还没完全清醒的当儿，初冬时分暖气还没来的冰冷就扑面而来。除了被子里还残存着我的体温带来的一点儿热气，整个房子都笼罩在一种阴沉、孤独、不安的氛围之中。

我的直觉告诉我，男友已经在我熟睡时上班走了。用我的话说这叫"不告而别"和"离我而去"。他大概怕我又纠缠着不让他走，所以早早躲开了。一想到这里，我的小心脏里就有一股气"油然而生"。不知为什么，别人生气都是气从肚子里往脑门冲，可我生气的时候却觉得是气在心脏里搅动不停。

"你的身体感受总是那么'与众不同'，让人难以理解。"男友曾经这么评价过我。一直以来，他对我所描述的每天持续出现的各种身体感受除了感到莫名其妙和难以理解，心态上已经很难再有什么"创新"了。每当我或温柔，或粗暴，或掩面而泣，或气若游丝地跟他说"我难受"时，他都用一种像见到奇怪动物时的眼神望着我。这有时让我感觉自己就像是从深山老林贸然闯进都市里来的"怪物"。

好，就让我来说说我这个奇特的人吧：

钟西西，女，25岁，北京中关村海淀桥某大学中文系在读研究生。几天前被男友宣布得了抑郁症。

没错，我25岁了，还未毕业就得了抑郁症。

一般而言，中国的孩子在18岁时进入大学学习，本科4年，拿到学士学位时是22岁。有人在这个时候转入社会开始磨炼自己，很不幸地，我属于茫然不知所措，没有勇气踏入社会的另一个庞大群体。于是又欣欣然参加保研考试，继续躲在校园中当所谓的"学院派"，还一副喜滋滋的嘴脸。实践性的专业，如经济、管理、法律、新闻之类的，硕士研究生学制一般是两年，学生拿到硕士学位时24岁，尚可意气风发。很不幸地，我所在的中文系，与哲学、历史、考古、物理、数学等专业一起，同属历史悠久的基础理论学科，硕士研究生学制一般是3年，正常毕业拿到硕士学位的时候，年龄应该是25岁。可为什么我已经25岁了还在读硕士呢？

从上面的逻辑推理来看，肯定是因为我没能正常毕业……

我的确没能正常毕业。因为在读研究生二年级的时候，我怀揣着对欧美先进国家的憧憬和继承家族传统的理想申请了赴欧洲的交流项目。所谓继承家族传统，指的是我的家长，从爷爷开始，均工作在祖国外交事业的前线。而身为长孙女的我（由于我爸是他们那一辈家里唯一的男性，我也就迫不得已成了唯一的"长孙女"），在进入高中之后，就不断地听到、看到已经退休的爷爷、奶奶及还在工作的爸爸对于亲朋好友孩子留学的称赞、艳羡，以及转过头来对我的愤怒和碎碎念。碎碎念，碎碎念，念到我耳根生茧，让我从理直气壮地说学中文不必出国，到受到各种美剧"毒害"，觉得其实出去看看也不错。于是终于在一番折腾之后，我拿到了赴欧洲交流项目的 offer（录取通知书）。

总结起来，此前若干年，也就是在 6 年的学院生涯中，我虽然时常感到百无聊赖、略显虚无，有时会对生活、对理想产生怀疑，比如：我究竟为什么每天要读那么多讲各种理论的书，这和真正的文学、真正的生活有什么关系？既然解构主义者认为社会中的既定模式和结构都是由"话语"构成的，那么具体的行动还有什么意义？我每天做的研究除了对学术圈这少数的几个人有意义，与其他的大部分人有关系吗？既然历史无法被百分之百地还原，那为什么每个人都还要用自己的方式去还原？不过，在怀疑的同时我还是对日常的生活本身有一种信心，大概是因为生活并没有在偏离我想象的目标轨道运转。

我想象的生活是什么样的呢？大概是：毕业之后找一份跟文字有关的工作，不愁温饱；有喜欢的音乐会就去听听，有喜欢的讲座就去坐坐，夏天的傍晚在路边小餐馆的露天位子上喝喝啤酒、吃吃烤串，写写诗，然后结婚生子，过完大多数人会经历的平庸的一辈子。每当想到这个结尾，我就惆怅起来。大学期间，我总是十分胆小、十分谨慎。我从不把时间集中地花费到任何事情上面：学术、文学、英语、实习，一切的一切。我怕自己看错了，徒然浪费光阴；也怕有些东西浸入太深，难免染上各种各样的思维"积习"，有"走火入魔"的倾向。从某种角度来说，我的这种人生观并不是没有道理，但却是另一种虚度，因为什么都不深入去做，有时候就等于什么都没做，各个方向都走了几步，然后又回到了原点。

我也很想为生活，特别是为青春找找刺激，找找人生的意义，找找成就感。

所以，当接到出国项目的 offer 时，我突然有一种尘埃落定的感觉，觉得我这小半辈子终于算是做了一件稍微有点意义的事了。至少是一件"光宗耀祖"的事儿。我想象着外国自由的空气，古老而有底蕴的建筑，有点儿实实在在地感觉到生活还不算太糟。为了庆祝我的大功告成，我甚至还报了一个法语班，准备学一门新的语言。那时，我根本预计不到：生活不存在任何既定性，而你想象不到的情节却接踵而至。

然而，从那时起，一切都起了变化。

现在还清楚地记得，我所经历的转折，就是从那时候开始的。

因为就在暑期的法语班上，我认识了我后来的男朋友——冷小星。

一年半之后，他宣布我得了抑郁症。

2. 如果这都不算抑郁症

冷小星宣布我得了抑郁症的现场远比想象中的平淡无奇。没有太多的歇斯底里：因为最大的歇斯底里已经过去，而小的歇斯底里已经成为常态。

那是一个同样非常冷的早上，我醒得很早，虽然睡了觉却浑身疲倦，头脑昏昏沉沉。肚子无休无止的隐隐难受仍未消失，不停地啮噬着我的耐心。我叫醒昨晚刚刚同我吵过架还未跟我和好的男友，没好气地说了一声"我难受"。

冷小星闭着眼睛没有吱声。

我知道他在装睡，不想理我，于是狠狠地扭动了几下自己的身躯。在扭动的过程中，我突然感觉到自己的身上好像布满了滑溜溜又甩不掉的肉。我"腾"的一下从床上跳起来，跑到卫生间里，从镜子中观察自己。虽然我早就知道自己已经胖得不成样子，不过镜子中的形象仍然震颤了我的心灵：胖大的脸庞，胖大的后背，外加原来自己最痛恨的胖大的大象腿！我走回房间，再次摇动冷小星并问他："喂，你知道'虎背熊腰'是什么意思吗？"

他这次睁开了眼，但仍然没有回答。

不得已，我只好提示他："就是说我这样的。"

我等待着冷小星的反应，希望他能安慰我两句，可他却像想起来什么似的问我："现在几点了？"

我失望地倒在他身旁，翻了个身，没有理他。过了一会儿，他自己坐起来，伸了一个懒腰，拿起桌子上的手机看了一眼时间，然后说："我得走了。"

我知道他这话是说给我听的。

每一个清晨，都好像是同一个清晨；每一场战争，都好像是同一场战争。我同冷小星日复一日地为他上班的事争吵。我不喜欢他在我还没起床的时候就走了，我不喜欢他在还没有跟我说完话的时候就走了，我不喜欢他在我难受不舒服的时候就走了，我不喜欢他在我还没有吃完早饭的时候就走了。我没有说出口的是：无论是什么借口，其实我就是不喜欢他去上班。因为他走了之后，满屋子空荡荡的，我一个人承受不了。有时我问自己：你承受不了的是什么？是寂寞吗？是孤独吗？是身上的难受吗？是心里的烦恼吗？我面对自己的质问，却不知该如何回答：答案太过复杂，我欲言又止。

都不是，又都是。

一个人在家的时候，我常常会觉得心里有解不开的结。为碰到的每一件事、每一个人担忧，想了各种各样的办法，却又觉得这些办法都是死路，总有这样那样的原因让这些办法成为不可能。我也常常站在阳台上对着对面的楼大声呼喊："喂，有人吗？"结果当然是无人应答。

想到这些我就觉得忍受不了。等我回过神来的时候，冷小星已经穿好衣服、穿好鞋走到门口了。

我几乎是下意识地跳下床，冲到门口。我没有看清他是什么表情，只是抱着他的胳膊不肯放手，一边抱着一边哭，眼泪不受控制地纷纷落下。

"你是不是又不想让我走了？"

我愣了一下，然后又继续哭。我不敢回答他的问话，我怕回答了之后，又是争吵，而争吵到最后，还不是鱼死网破，他还是要走，我还是要继续承受这一切。

冷小星默默地站了一会儿，就让我这么哭着。我听到他的叹息声。

这次他没有发火。他说："你别哭了，我今天不去上班了。"我擦擦眼泪，扬起脸，不敢相信这是真的。我看见冷小星十分平静，一脸温柔，不像是蒙人，于是渐渐止住了哭声。

我其实一直不知道那天早上是什么使冷小星一改平日作风，毫无怨言地陪我待在家里。那天我们一起做了早饭，又去楼下的院子里散步，像美好得不能再美好的正常情侣一样。回到家后，他打开连接着电脑的电视机，陪我看起了《龙猫》。

动画片中漫长得似乎没有尽头的日本乡村夏日午后的气息，通过电视机的屏幕，慢慢渗透过来，我感觉心里暖洋洋的，也没有什么担忧。好想时间静止，将生活定格在这幅画面里。

"你为什么不愿意让我去上班？你怕什么吗？"

看来他和我有同样的疑问。我摇摇头，表示不知怎么回答。

"为什么不找点自己喜欢的事做呢？"

"我……没有喜欢做的事……"

冷小星一脸怀疑地看着我："不会吧，一件喜欢做的事都没有吗？"

"嗯。"

"你不是很喜欢看书吗？"

"现在看不进去了。"

"那动画片呢？"

"不想看，觉得很无聊。"

"你现在不就在看动画片吗？"

"那是因为有你陪我，要是我一个人就坚持不下去。"

冷小星对我的回答无可奈何，不过还是进一步问我："为什么以前喜欢做的事，现在都没兴趣了？"

"因为我觉得很虚无，什么都没有意义。"

"是虚无吗？"他半是问我，半是问自己。

我点点头。

冷小星沉默良久，我也沉默良久。"虚无"这个词，让我们都说不出话来。

冷小星不甘心，又问我："那你为什么老哭？"

这次轮到我用怀疑的眼光看他："哭也不行？"

"不是说不能哭，可总有理由吧。"

对，我为什么总是哭哭啼啼，像祥林嫂一样呢？

"你是委屈吗？"

嗯，我是有点委屈，因为觉得自己已经很努力地在活，可别人不理解。

"你是害怕吗？"

可能我也有些害怕。我总觉得身体随时有可能越出可控的范围，各种疑难杂症的名字充斥在我的脑海里，不停地飞速旋转。

"你是担心吗？"

这简直是废话……肯定有各种各样的担心。光是越来越胖的身材和越来越近的学位论文写作就够我纠结一万次了。更别提还有男友、家人，五花八门的关系缠绕着我，对哪个都得负责，可我现在又没有能力负责。

浮想联翩之际，冷小星大喝一声："到底是什么原因让你这样啊？"他大概是问得不耐烦了。他的大吼惊醒了我，可这一下，也让我大哭起来。

"呜呜呜。"

我一哭，冷小星着急了，赶忙哄我，"你别哭呀，别哭、别哭呀！"可我一时却停不下来。

"你干吗哭啊？我……我也没怎么着你呀。"

"你是没怎么着我，可我就是想哭……你老是问我为什么，可我说不出来，我……我不会表达了。"

"怎么会不会表达呢？"

"我……我有话说不出。"

"所以你就哭？"

"嗯。我控制不了，就是想哭。虽然知道哭也没什么意义，可除了哭也没别的办法……"

我都不知道自己在讲着什么样的没有逻辑的话。

冷小星不再说话。我拿起桌子上的面巾纸，一边擦眼泪，一边继续哭着。我抬头看着他，他的睫毛翻飞，眉头有点皱，想事情的时候他总是这副表情。

"我想，你是不是——我觉得你得了抑郁症……"

冷小星宣布我得抑郁症的瞬间，我的脑子"轰"地响了一下。这响声不是那种因为受刺激产生的反应，而是突然被点醒了什么事的时候脑中发出的声音。说是一下子豁然开朗了也不算太夸张。我并没有心情沉重，也没有悲伤，相反却置身在一种幸福的幻想中，觉得一下子释放了什么。那种感觉就好像坐在一个花园里，满眼绿色，各种各样的花开着，四周馨香，微风吹来又吹去，什么声音都没有，好安静。

我晃了晃脑袋，试图把这些奇诡的感觉赶跑，看着冷小星睁得大大的眼睛，重新思考他刚才提出的命题。虽然我内心觉得有这个可能性，但还是不想就这么承认："不会吧，我怎么会得了抑郁症呢？"

"你睡眠不好吧？"

"嗯……有时候不太好，有时候还行，只是每天都做好多梦。"

"无节制地哭？"

"……有点。"

"心里的想法不能表达？"

"因为表达了也没有任何人能懂啊……不过我有时会自己对自己说……"

"想去户外参加活动吗？"

"有时候想，不过临出发时又会突然觉得没意思，然后可能就不去了。"

"你对自己还有希望吗？"

我摇摇头。

"你觉得世界上没有任何人懂你，是吗？"

"除了回力球。"

"回力球？回力球是谁？"

"是我自己想象的能懂我的小伙伴，他就住在对面的楼里，我有时对着对面的楼跟他喊话，然后在想象里回答自己。这样，才觉得还有人陪着我，懂我。"

我的话把冷小星噎得半天都没喘上气来，之后他板着一副严肃的面孔，一字一顿地说出这样一句话：

"如——果——这——都——不——算——抑——郁——症，那——你——可——能——是——脑——子——进——水——了。"

3. 抑郁症是什么？

在和冷小星进行完关于我得了抑郁症的谈话之后，我到网上去查了查关于抑郁症的相关知识。

在豆瓣上我发现了两篇关于抑郁症的文章，谈得特别好。其中一篇叫《有些人，他们不快乐》，看完之后，我差点儿感动得哭出来。文章中有这么一段：

"抑郁症"这个词，现在常常出现在媒体上，所以人们差不多都同意有抑郁症这回事。但如果自己身边有人声称他罹患抑郁症，那么多半是不容易被接受的。原因很简单，他们的言谈举止明明和常人无异，怎么就病了呢？而且，就算是病了，能有多严重？不就是情绪低落吗？这样的想法，也是让抑郁症患者和周围人的交流减少的一个重要原因——他们没有可以进行展示、博取同情的伤口，也没有触目惊心的医学图像，甚至没有高热的温度和疼痛的反应。他们看起来如此正常，所以，尽管他们其实是在荒原上日复一日地跋涉，但是因为没有人看得到，所以没有人相信，他们其实已经撑不下去了。

这段话真的是很详尽地描述了抑郁症患者的感受。中国人有两种精神，一种叫作"吃苦耐劳"，一种叫作"耳听为虚、眼见为实"，所以大部分人无法理解也很难承认抑郁的存在，尽管抑郁被称作心理上的"感冒"，在很多人身上都存在，但大多数国人却觉得这不是"抑郁"，只是"心情不大好"、"不太积极"，是一种不能吃苦的表现。而且抑郁本身没有绝对准确的检测手段，因此很多人都无法相信"心情不好"会导致人无法正常生活，更不明白抑郁人群为何深陷绝望无法自拔。我突然明白为什么冷小星宣布我得了抑郁症时，我不仅不难过悲伤，反而会有幸福的幻觉了。至少，我自己的问题被承认了。问题被承认，才会有解决的可能，拖延不决才是最可怕的。

抑郁的人除了面临不理解之外，作为人的社会性表现也会出现相应的障碍，主要表现在与他人的交往和沟通之中。一方面，"抑郁星人"往往很希望自己可以满足他人的期待，当自己做不到的时候就会感到压力和内疚，因此有时会刻意减少社会交往。但另一方面，抑郁人群屡屡显得意志消沉，对生活有过多的抱怨，对感情有过分的需求和依赖，这又使得与他们进行沟通和交流的人会对他们的行为和言论感到厌烦，而敏感的"抑郁星人"很快便会察觉到这种变化，于是与他人接触的积极作用被中断。而双方作用力的最终结果是："抑郁星人"以更强劲的方式重新坠入黑暗之中。

如果和"抑郁星人"在一起，常常会出现这样的情况：

他们平日不言不语，看起来非常文雅、有风度。每一个"抑郁星人"身上都存在一个开关，开关的名字不一样，有的是安全感，有的是言语刺激，有的是爱，有的是恨。但不管这个开关是什么，它们都指向信任与理解。当"抑郁星人"因为与他人有共同的话题而看到自己被理解的可能性时，或许会对对方产生初步的信任感，而因为长期缺乏理解，"抑郁星人"会像泄洪一样将自己想不通的问题和逃脱不了的困境一股脑儿地说出来。这常常让听者心惊肉跳，因为想不到看着如此平和的人的内心竟会有如此多的黑暗、矛盾，理也理不清，说也说不明。倾听者自然敬而远之，而"抑郁星人"再一次印证了自己的不被理解，于是更难以信任别人、倾吐心声，久而久之郁闷越积越深，也就更难走出来。所以看上去"抑郁星人"似乎有两面，外表沉静的一面和内心汹涌的一面，两者差距太大，令他们看上去显得非常分裂。

这一点，用冷小星的话来说叫作"变身"。他说我时好时坏，有的时候突然就"变身"了，大哭大闹，毫无理智和人性。我说："呸，你才毫无理智和人性呢。那都是你平时让我压抑太久的结果。"

"抑郁星人"的确善于压抑自己，将冲突和矛盾内化，他们在生活中总会发现一些没有解决的冲突、没能满足的要求或者是无法忍受的负担，这些情绪、挫折和伴生的对生活失去控制的感觉会让人觉得很糟。大部分时候，这些情绪能够被隐忍，被宣泄，被逃避。但有时候，就算努力克制，负面情绪仍会不断聚集能量，左右奔突。而此时，最不危险的路径就是将冲突转向内在。

没错，是"冲突转向内在"。所以"抑郁星人"看起来都有些自虐。之所以是这样，我不得不说，是因为"抑郁星人"其实是一群善良的人。

没错，是善良的人。他们自己受伤却不愿意去伤害他人，唯有将这些"想不通"放在自己心里。除了善良，"抑郁星人"还常常是敏锐、理智、富有创造力、不满足于平庸的人。更重要的是，"抑郁星人"的心理世界非常简单：他们相信幸福要靠自己奋斗，相信只要一切做得正确，世界就会色调明快，结局美满——好人永远不会受伤，关键时刻总有人伸出援手，黑暗过后就是光明……他们就是这样一群单纯的人。只可惜，这样的信念体系，在现实当中往往会遭受打击，无法帮助他们面对现实世界的复杂。

也许你要问："抑郁星人"为什么适应性那么差？为什么不懂得把心里的情绪发泄出去而是选择自己隐忍？为什么什么事都要想得那么复杂、那么累？

在现实中向"抑郁星人"提出这些问题的人，是否真正了解你所面对的这个"抑郁星人"呢？你知道"抑郁星"是一颗什么样的星球吗？

"抑郁星人"的抑郁思维习惯常常来自他们童年、少年时期所经历的痛楚。人与人不尽相同，有些人生来就内心柔软，无论他们的外表是多么刚硬冷酷。如果这些内心柔软的孩子童年时代对爱的需要被一再忽视、一再拒绝，如果父母对他们的态度总是掺杂着否定、轻视、讥讽、冷暴力、不尊重，"抑郁星人"会凭借本能，从小就养成隐藏自己委屈和失落的不良习惯，并把这一切带来的不安感看成是世界的常态。他们渴望父母至亲的关注，希望从家人那里获得安全感，拼尽全力去迎合父母的期望，凡事都要做到最好，却常常无法如愿。世界在他们看来，从头到尾是色温为零的冰冷一片。他们从小就感到自己无法抵御这种可怕的瞬息万变，从小就没有可以完全信任和依靠的人或事物。在开始建立自我之前，自我就已经被抽离。所以"抑郁星人"无一不是追求完美的人，因为他们从小就养成了去迎合别人期望的习惯；所以"抑郁星人"无一不是悲观懦弱的人，因为他们已经看多了无论付出多大努力仍然无法满足别人的结果。

人都是相信经验的动物。"抑郁星人"从小到大的这种经验，使他们即使在成年之后仍然无法跳脱这种思维定势。在旁人看来不过是咬咬牙就能挺过去的困难，对他们来说却是无法跨越的障碍，因为在心里他们已经给自己增添了无数重担。

要想改变这种局面，只能重新为"抑郁星人"建立新的思维习惯。可大多数人没有这个耐心去改变他人十几二十年养成的性格。"江山易改，禀性难移"，此言得之。更多的人面对"抑郁星人"的悲观、纠结，不仅很难产生同情，反而会有新的、不断产生的对他们的否定。于是"抑郁星人"的抑郁思维越加强化，越难更改，注定心里悲苦，还被别人看作一个不"作"就难受的人。

世界上之所以会有抑郁星这个星球，很大一部分，缘于千千万万不懂得如何做父母的父母。若要把"抑郁星人"变成地球人，如何骂他/她不争气都是于事无补。既然我们没有办法乘着时间机器，回到过去重塑他们的童年，那么改变他/她的"生存环境"，让他/她从经验的层面去相信乐观的思维方式才是正途。

这篇文章让我和冷小星叹为观止，我俩都认为这是一篇无比犀利又精辟的文章。

"觉没觉得这是神作？"

"嗯，真没想到是这样的，看来我错怪你了。但是我看你家人也没有文章里写得那么夸张吧？"

"那是因为你不知道。你又不是不认识他们，好歹可以看出一点端倪吧？"

冷小星想了想，有点迟疑该怎么回答，末了还是点点头，说："好吧……"

我问："你知道我最喜欢这篇文章的哪个段落吗？"

"不知道。"

"就是那段说'抑郁星人'其实是非常善良、富有创造力、充满纯真的人。之所以会性格奇怪，并非完全是由自己造成的那段。"

"你就没觉得你喜欢的这段话充满了浓郁的自恋气息和推卸责

任的假道义？"冷小星反问我。

我狠狠地白了他一眼："哼，你是不会明白的！"

"我怎么觉得你刚才凶恶的眼神一点也不像是得了抑郁症啊？"

"我就是得了抑郁症了。还有，你现在对我的态度会对我影响非常大。我今天还发现了一篇文章，是写给抑郁症家属的，叫《写给抑郁症患者的家属》，我现在要据此对你提出一些要求。"我郑重其事地拿出此前在白纸上写好的字，举起来给冷小星看，上书"写给抑郁症患者的家属"几个大字。

冷小星看到我写的字，"扑哧"笑出声来，我故作镇静地说："你严肃点儿！"

冷小星止住了笑声。

"第一，你要明白抑郁症患者，也就是我，可能对很多事情都提不起兴趣，在行为上也常常会不在乎别人的感受。这时候，你不能对我生气，你要提醒你自己：她生病了，不能对自己的行为负责，这不是真实的她。"

"别找借口……"

"我没找借口，你这个人，怎么不相信科学呢……"我有点生气。

"好好好，我相信科学。你生病了，但这都不是真实的你，好了吧？"

"哼。第二点，不要说我'吃饱了没事干'，因为对我们抑郁症患者来说，痛苦是真实存在的，尽管这些痛苦你不能理解。"

冷小星点点头。

"第三，不要试图叫我振作，通过意志力来对付自己的抑郁。因为我们抑郁症患者身不由己，做不到。"

冷小星继续点头。

"第四，不要责骂我。因为抑郁症患者常常自我否定，有罪恶感和内疚感。你的责骂只会雪上加霜，让我更加绝望。"

冷小星一副沉思的样子。我问他："你在听吗?"他说："我听着呢。"

我继续说："第五，你要比以前更加关心我，应该经常主动邀请我外出参加活动。不过，你不要对结果抱太大希望。"

"什么意思呀?"

"意思就是说，你邀请我我最后不一定去，但是你还是要继续邀请我。"

"这也太打击人的积极性了……"

"最后一点，要鼓励和监督患者进行治疗，不要对我的治疗泼冷水，要让我坚信自己只是暂时病了，一定能好。"说完，我以一种"同志，后面的路还很长"的眼神望着冷小星。其实还有一点我没有跟他说，那就是家属一定要自己保持乐观开朗，不要被患者的抑郁情绪感染。不过我看冷小星根本没有被抑郁影响的可能性。

"哦，那以后我每天都跟你说'你一定能好'。"冷小星回应我对他的要求。

"你要坚信我能好才可以这么说，不能敷衍我。"

"我是坚信你能好啊。"

"那我怎么样才能好啊?"

"不知道……"

我叹了口气:"你这个人,能不能提出点建设性意见啊?我都得了抑郁症了,你还不帮忙想想办法?"

"事情来得太突然,我还没有什么准备。但我觉得,得首先搞清楚你到底是什么程度的抑郁症。你要真是特别严重,那得去看医生、吃药。"

"看病?吃药?"我听到这两个词,就想到那些不断吃药还总是疯疯癫癫的人,有点害怕。"我应该不像是特别严重的吧,你看我不是还能正常生活嘛。"

冷小星冷冷地看着我:"你的正常生活都是建筑在我的痛苦之上的。"

我露出一副很不好意思的样子,并用哀求的眼神望着他。我可不想吃什么药,总觉得吃药不一定能解决根本问题。

"你到底是什么程度,问问你那朋友不就知道了。"

冷小星指的是我的朋友某铖。

我的朋友某铖是一个青年诗人,他热爱诗歌甚于自己的生命。从少年时起他便开始忧郁,因为宿命般的压力和伟大的恋爱。他的诗歌中总是充斥着几个意象:银河、黑铁,沉重。后来听说他休了一年学。在这一年中,他的忧郁气息不断发散,积郁成疾。他跑到大洋彼岸的美国加州,每天在美国西海岸加州的阳光下,站在窗前看阳光下的街道上来来往往的行人,青蓝色的窗帘映着他苍白的脸。回忆起那段时光，他说得最多的就是："我那时真是瘦，瘦得只剩下一把骨头。"某铖最受不了的就是自己发福变胖。从加州回来后，他又重新回到学校，开始了一段新的恋爱。人还是原来的人，诗歌还是原来的诗歌，只是谈起诗歌时，他总是不时夹杂几个英文单词，并且问大家："你们知道这个单词吧？"

就是这样一个朋友。他的抑郁从来不曾成为他的累赘，反而是他光辉的诗人印记。有一年夏天，他的抑郁症复发，在北京安定医院住了一个暑假。开学之后大家一起喝酒，他特别自豪地说："你们有人住过安定医院吗？"我们都很礼让，纷纷说："没有没有，我们哪儿去过安定啊。"他一脸得意。

他跟抑郁症如此亲密，给他打电话准没错。我拨通了某铖的电话。

"Hello（你好），好久不见。"我听到久违的声音。

"Hi（你好），是呀，好久不见啦。"

"最近怎么样？好像最近在学校里都没怎么见到你。"

"嗯……不太好。我觉得我得了抑郁症……"

"啊？什么情况？"

"我感觉特别虚无，什么都不想做，而且本来要去做的事情也常常会中途放弃。你帮我判断判断是不是得了抑郁症。"

"食欲怎么样？"

"没什么食欲，但饭可以吃得下去。"

"失眠吗？"

"不失眠，但几乎每天都会做梦。"

"你这样确实很像是得了抑郁症。不过你食欲和睡眠还好的话应该不到特别严重的程度。"

"你每次突然停下手头正在做的事情时，是有原因的还是没有原因的？"

"有原因呀。"

"那我觉得你应该是轻度的抑郁症。因为像我原来抑郁症特别严重的时候，我经常会没有原因地突然停下来。比如坐公交车的时候，会突然觉得受不了那个环境，就立即下车。或是上课的时候突然忍受不了，就立即离开教室。"

"完全没有原因吗？身体或心理的不适都没有吗？"

"没有……"

"所以我觉得你一定是因为特定的原因导致心理抑郁了。"某钺补充道。

"嗯，我想是的。那我这种情况需要去吃药吗？"

"应该不需要吃药。当然，如果你想试试抑郁药物能够取得什么样的'疗效'，可以尝试尝试百忧解①，嘿嘿。"某钺这个时候还打趣我。

"不用了吧……谢谢你啦。"

"不客气，有什么问题再问我。那拜拜啦。"

"拜拜。"

放下电话，我松了一口气。

---

① 百忧解，一种口服型抗抑郁药，用来治疗抑郁症和焦虑症。——编者注

电话比想象中来得靠谱多了。没想到某铖能如此科学客观地回答我的疑问。我突然觉得，得了抑郁症的人，其实并不是真的不在乎自己的心理疾病。某铖平日对自己的调侃也许不过是用一种更能让人接受的心态和描述去面对他不得不去面对的事。人生当中，总是会有各种各样的奇遇，你永远不知道每一个人私底下生活是怎样的，个人的欢乐与痛苦是怎样的。每个人都不得不学会把自己打扮得光鲜亮丽，不得不学会调侃自己，不得不学会笑着面对。

我跟冷小星说："我觉得和某铖相比，我的抑郁症也没那么可怕。而且至少我有个同路的伙伴。"

冷小星说："不过现在最重要的是要搞清楚你的抑郁症究竟是由什么'特定原因'引起的。"

嗯，是的，他说得对。

4. 蓝色的摄魂怪

几年前，我还在上大学本科，有一年冬天，快到圣诞节的时候，我背着很多东西从学校回家。下了地铁，我直接走进了国贸大厦，从里边穿过，能少走一段大风劲吹的路。

正背着大书包往里走的时候，忽然听到有人跟我喊："Hi,

have you ever been to America?"（嘿，你去过美国吗？）我下意识地回答："Yes."（去过。）以为是有外国人需要帮忙什么的，抬头一看却是个谢顶的中国大叔。

大叔就说了那一句英文，后面说的全是大白话儿。

"姑娘，你去过美国啊？"

我有点摸不着头脑地"嗯"了一下。

"去美国旅行？"

"啊，不是，我是去开学术会议的。"

"哦，那你真优秀啊，能到美国去开会，还是开什么学术会议……"话说到这里，我还是没搞明白这大叔究竟是要干吗！

我刚要开口问他到底有什么事，却听得大叔忽然话锋一转，深锁眉头道："不过你虽然优秀，却太高傲了，外表看上去冷若冰霜，所以在感情方面会有诸多不顺。我说得对不对啊？"我这才明白原来大叔是以看相算命为业的。

我也不禁皱了皱眉头，想直接告诉大叔我生活幸福、感情美满的真相，但又想听听大叔还有什么"高论"，这时听到大叔说道："人跟人能遇上就是缘分。我姓黄，你可以叫我黄老师。能见到黄老师不容易，让黄老师好好给你讲讲你的命理吧！"

原来是黄大仙儿。

"我这不是在听您讲嘛。"反正也没什么事，我倒想听听黄大仙儿能说出什么来。

"你啊，注定这辈子会有不止一次的婚姻，而且感情总是不顺。你爱的人啊，老是不爱你，爱你的人啊，你呢，又都瞧不上眼……"黄大仙儿晃着脑袋，一副颇为惋惜的样子。

我嘟哝了一句："有这么惨啊！"

黄大仙儿继续说："你知道你为什么会这样吗？"他侧着头跟我说，眉毛不时上挑，似乎要说一个惊天大秘密。

"啊，为什么？"我也配合他故意装出一副求知欲很强的样子。

没想到黄大仙儿给出了这样一个答案：

"你呀，上辈子是选进宫去的秀女。秀女你知道吗？就是伺候皇上的，宫里的娘娘。所以呀，一般人他哪里消受得起呀？你能明白吗？你为什么天生这么高傲啊？也是因为你原本就不是一般人儿哪。"

我半天没吱声，一直听他讲。听说过算命瞎白话的，没听说编得这么有眉有眼有剧情的。我很想说：大叔，您这是要整一出清宫穿越剧的节奏吗？不过我终于忍住没有说。

跟这种人没必要较真儿，他也不过是为了赚点儿饭钱。

果不其然，他讲完这段，咽了咽口水，看了看我，说："你要是想破解你这个不顺，也不是没办法。要不你请黄老师喝杯茶，我跟你详细说说？"大仙儿冲我笑了笑。

黄昏日落，正是吃饭的点儿，大仙儿要在国贸一期里喝茶、算命，这个事情看似十分高雅，其实是赤裸裸地抢钱。话说到这个份儿上，我没法再陪着他玩儿，我对他说："黄老师，真抱歉，我也很想跟您再聊。但是我真的没有时间，我一家人都等着我回家吃饭呢。"言外之意，我并不孤独、寂寞，并非他的目标。

黄大仙儿也识趣，赶紧说："哦，那不耽误你了。这样吧，我给你留个我的手机号。你还有什么问题，可以约我聊。"

我匆匆看了一眼他的手机号，假装记在手机上。转身要走的一刹那，一个问题涌上心头。我回头冲着黄大仙儿嫣然一笑，问道："黄老师，不知道您上辈子是什么样的人物呢？"

大仙儿愣了愣，停了半晌，回答我："我乃一出世侠士，隐居于终南山中，不问世事。"

这又开始整上了武侠剧的套路……

"哦，我还以为像黄老师这么厉害的人，早已经超脱六道轮回，逍遥于法外了呢。"

大仙儿闻言终于无言以对。

走出国贸，冷风夹着细小的雪花迎面吹来。挂着亮闪闪彩灯的巨型圣诞树矗立在大厦的门口，树顶用红色的灯拼出 Merry Christmas（圣诞快乐）的字样。

我很想跟黄大仙儿说："您讲的那些情情色色，都不是'爱'。'爱'怎么能是这样的呢？"

爱这种东西，有时候你讲不清楚。《牡丹亭》里讲杜丽娘"情不知所起，一往而深，生者可以死，死可以生"。是说爱情不知道什么时候会来，到你发现的时候，往往已经一往情深、不能自拔，甚至活着可以为情而死，死了又可以为情而生。什么叫"一往情深"？纳兰性德说："一往情深深几许？深山夕照深秋雨。"这种感觉像是深谷中傍晚的夕阳和冷落的秋雨，非常清冷又让人心隐隐作痛。爱可以让人生，可以让人死，可以让人欲生欲死。这听起来很夸张，但古人的话常常是很有道理的。

不得不承认，我的病就是因为"爱"而得的。

关于爱情的画面，每个人都有自己的想象。想象这种东西，往往是很可怕的，这其中又以从小建立起的那种幻想为最甚。很不幸地，作为一个"抑郁星人"，我从小对爱情的向往也充满了神秘黑暗的本色。

小时候，我同所有的女孩一样，对将来的另一半有着自己的幻想：他瘦瘦高高，眼睛很大，表情却是冷的；他外表冷酷却有着温和的内心，聪明成熟却一心一意呵护着我。在我内心中，他披着黑色的斗篷，是冷酷星球的王子。只是我没有想到，现实当中真的会遇到这样一个人，而且他的名字还叫冷小星……

遇到冷小星之前，我从来都不相信"一见钟情"，对一个陌生人产生好感对我来说根本是不可能的，因为我是那种会怕生、对改变需要适应很久的人，所以在刚开始看到冷小星的时候我并没有特殊的感觉。而且我之所以会这样，还有一个原因就是冷小星那时总是和一个同性朋友形影不离……

冷小星和 L 君是我法语班的同班同学。L 君是冷小星以前的同事，当然当时我不知道他们是同事，而且他们俩看起来真是亲密无间……冷小星每一天都迟到，L 君却是我们班来得最早的人之一。L 君永远早早就用书本帮冷小星占好座位等着他来，L 君和冷小星是永远的 partners（练习伙伴），L 君和冷小星放学一起走，甚至连上厕所都一起去。两个男生天天黏在一起不免让人略感娘娘腔，所以一开始，我对冷小星没动任何其他的脑筋，直到有一天冷小星对我露出了异样的微笑。

我们上法语班的地方有个公用厨房，工作人员和上课的学生可以自己带饭放在冰箱里。我一向就是艰苦朴素的好学生，所以每天带饭。

有天中午我去厨房冰箱里拿饭。打开冰箱的门取饭时，我突然觉得似乎有人在盯着我。目光并不炽热，但却一直在那里。那人就在冰箱门另一侧不远处站着。我深吸了一口气，假装什么都不知道似的拿出自己的饭盒，关上冰箱门。然后在转身要走开的瞬间假装刚刚看到这个人，我一扭头，发现是冷小星。

他正站在厨房的门口，靠着另一面墙。看样子正在等上洗手间的L君，但显然之前他一直站在那里注视着我。他看见我转头，就冲我微笑。他瘦瘦的，穿着淡蓝色的麻质短袖衬衫，眉毛很粗，五官清晰，眼神里带着浓重的说不清的黑暗气息，可他的微笑却那么随意。他有一种独特的气质，从他的身体中一点一点散发出来。世界对他而言，似乎是异常简单的。他看起来既踌躇满志又毫无所谓、玩世不恭。他的眼神里似乎有一种难以言喻的东西。他很羞涩腼腆，可又仿佛洞悉一切。我也冲他笑了笑，随即拿着饭盒走到公共厨房深处的桌椅旁坐下吃饭。就是这个微笑，让我的心突然梗了一下。我用余光扫视冷小星站的方向，感觉他笼罩在一片浅浅的蓝色光晕中。我倒吸一口气，怀疑自己产生了错觉，晃晃脑袋再看，那里什么人都没有。他已经离开了。

后来我跟冷小星说到他对我微笑的时候，他一点印象都没有了。他不知道他这个微笑改变了许多东西：不光改变了当初我对他的印象，甚至改变了我原来的整个生活。冷小星问过我爱他什么，我想了又想。他的性格傲慢自负，跟我没有共同话题，喜欢吃的东西不一样，不懂礼节，不会说"我爱你"，三观严重不同。他什么都不好，可是却是我从小到大一直想要得到的那个人。

第一次跟冷小星接吻，是在一个深夜的湖边。秋风萧瑟，我穿着及膝的连衣裙，冷得有点发抖。我说很冷，他用手握住我的手。我笑了笑："我说的不是气温，而是心。"他说："以后都不会冷了。"我小心翼翼地靠到他的身上，对他的话、他的人半信半疑。但我感觉他的身体很温暖，很想靠紧，却感觉他有点闪避。我抬头看看他，问他能不能抱我，因为现在气温也低下来了。他很生疏地抱着我。湖边吹过一阵风，我贴着他的胸口。然后我们接吻，吻得很陌生。我的心怦怦跳，感觉有什么东西错了，不对劲儿，但同时又无法集中精力想清楚，自己的意志力好像慢慢被吸走了，整个人又冷又晕。过了一会儿，我睁开眼睛看着他，他还是一副特别正经的表情。我问他："你看过《哈利·波特》吗？"他点点头，说："你别告诉我你觉得我像哈利·波特。"我说："不是，你不是像哈利，你是像摄魂怪，蓝色的摄魂怪，专门吸人的灵魂。"他一头雾水："为什么这么说？"我摇摇头，不愿回答他，还想钻到他怀里，他却还是扭扭捏捏。我有点生气，冷冷地说："你怎么不愿意抱我？"冷小星解释说："有点不好意思……"我叹了一口气，唉，爱了一个那么不成熟的人有什么办法？天气这么凉，还在这里不好意思，冷得我牙根打战，从身体冷到心。

就这么哆哆嗦嗦挨到夜里三点多，我们终于各自回家。我身体都被冻僵了，盖着被子还是打哆嗦，一夜都没睡着，第二天起来就发觉腰和腹部不舒服。不是疼，也不是酸，而是从深处感觉到的一种虚弱的难受感。从那时候起到现在，这种不舒服一直伴随着我，成了我的身病与心病。

回忆到这里，我对冷小星说："我这怪病，是因为爱你而得的。"

冷小星赶紧回答："你别诬陷人，你这明明是身体不舒服。"

"不是，当初你吻我的时候我就觉得不对劲儿，脊梁骨凉飕飕的。"

"那你这是撞邪了？"

我没有撞邪，应该是那个晚上被寒气入侵才生了病，但那天晚上冷小星各种冷冷的举动无形之中也对我产生了影响。人只有在身与心同时受到冲击的时候才会酿成错误，种下病根。

我抬起头，望着窗外。夜已经渐渐深了，雾气笼罩着街边零星的霓虹灯。我想起过往种种，想起为了追求这段爱情所付出和抛弃的种种。有时候很难说一段感情、一种追求是对还是错。我自己当然知道我的抑郁和心病不只是因为身上的不舒服，但身体的不适恐怕仍然是最主要的原因。人在年轻、身体无碍时永远想象不到病痛的羁绊会有如此大的影响。它让我们失去最基本的信心和生活的愉悦，让我们的感情一下子变得空虚，让一切都成了无谓的浮云。现在的我，无可奈何，唯有先治好眼前这深深切切的病。

我看着正在用手机看漫画的冷小星，突然大喊："我要泡脚！"

一切就从泡脚开始吧。

第二章

心疾与身疾

1. 打着游戏跑医院

冷小星曾经给我推荐过一款游戏叫"乐克乐克"，是在游戏机里打的那种。游戏的开始会有各种颜色的小球在不同的场景里滚动，你要一边移动一边吃掉红色的大花，还要避免被吃小球的怪物吃掉。小球会越变越大，场景里也充满各种机关。这款游戏属于天然呆萌风格，不仅小球画得可爱无比，配乐也温馨欢乐，是我玩过的最让人爱不释手的治愈系游戏。我这样一个不喜欢游戏的人，玩了乐克乐克两分钟之后，也毫无办法地迅速被吸引。从此以后，走路也玩，睡觉前也玩，吃完饭犯困时也玩，坐车时也玩。因为这款游戏，我坐公交车不知坐过站多少次。很多次一抬头，就发现自己已经到了一个完全陌生的地方。冷小星对我的痴迷无可奈何，每次我回家比预计时间晚了，他总不怀好意地问我："今儿又打游戏了吧？"我也不回答他，坐到床上继续玩。

只可惜，游戏机是老款机型。有一天充电之后突然开不了机"与世长辞"了。冷小星折腾了半天也只能眼见着它"撒手人寰"。

那段时间，游戏虽然打不了了，我和冷小星还是会经常冷不丁地唱起游戏里傻乎乎的歌，还一边唱一边做游戏里小人的动作，路人看见肯定觉得我们两个脑子里进水了。那款游戏，我已经快要通关了。

冷小星说游戏打通关的时候，人会有一种升华之后飘飘然的感觉。我不相信，认为应该会有没游戏可打了的失望感才对。可惜我最终没能体会到通关之后到底是什么感觉，是痛苦还是欣喜，全然不知。人生经常如此，你一关一关地通过去，以为最终无论是什么，总归会有个结果，但进程却戛然而止。就像是被扔到不知道是哪里的高速公路，令人茫然不知所措。

想着这些的时候，我正坐在医院的走廊上等着护士叫号。小护士穿着白色长裤，外面套着医院发的系扣深蓝色毛衣，扭搭扭搭地走到诊室门口，叫道："65 号！65 号有没有？"远处有个中年女人抱着手里的围巾和帽子赶紧跑过来，跟小护士一点头："有，我是 65 号。"小护士说："进来吧。"中年女人进了屋，小护士随手又把门关上了。

我跟冷小星说："哎，你算算，这刚下午两点，就叫到 65 号了。5 点才下班，一天得看多少个病人啊，还不得看个百八十个的！"

冷小星点点头，没有回应。

我看了一眼他的手机，他又玩上酷跑了，玩得正带劲，操纵着游戏里的小人儿忽上忽下，躲过很多障碍物。我玩不了这个。

"冷小星!"我喊了他一声。

"嗯?"他头也不抬回了一声。

"冷小星!"我又喊了一声。

他按了一下暂停,看了看我,说:"怎么了?"

我问:"你刚才听见我说话了吗?"

"听呢,听呢,一句也没落下。"

"那我刚才说了什么?"

"你叫我名字来着。"

"再往前呢?"

"再往前……"冷小星眨巴眨巴眼睛使劲想,"再往前你好像也叫我名字来着。"

"再往前呢?"我对冷小星一点指望都没有了。

这次他"嗯啊"了半天,也没想起再往前我说的是什么。再往前,他正在游戏里疯狂地跑啊跑呢。

在别人疯狂地往前跑的时候,我却因为莫名其妙地生病停下来,看着身边的人一个一个跑过去,唰的一下不见了,我却只能反反复复地在充满消毒水味道的走廊里等待着。挂号、看诊、检查、交费、拿药……周而复始。

要说清楚我的病到底是怎么回事很难,我唯一知道的是:我在和冷小星第一次接吻的时候身体感受到了异常,似乎受到了以前没有经历过的寒冷,从那时候开始,腰腹部便开始有了强烈的不适感。也就是从那时候开始,我开始担心、焦虑,有时会睡不着,夜夜做梦,身体愈加虚弱不敢出门,不能独处必须有人陪,每天没完没了地缠着冷小星不让他去上班，常常狂躁哭泣。我说不清楚到底是那天晚上心理先产生了奇异的感觉身体才生了病，还是身体先生了病，后面情绪才抑郁起来。但无论如何，冷小星和我都认为我的抑郁与身体的不舒服有千丝万缕的联系，应当先解决这个问题，可没有想到这个问题如此棘手。

这已经是我去的第九家医院的第五个科室。这次的科室叫"理疗科"，来看病的，都是老头老太太，来做复健或者来烤电的。我坐在他们之中显得"格格不入"，有时候会有老奶奶跟我聊天，问我哪里不舒服呀，我说腰有点疼。老奶奶就感慨，这么年轻的小姑娘腰就不好啦。我冲她笑笑，不知说什么好。在来理疗科之前，我在外科做了核磁共振和钡灌肠造影，因为什么都查不出来，外科的大夫只好把我"发配"到这里来了。

这次的医生看了我的各种检查报告，也没看出什么名堂。她怀疑我是骨头有些错位，压迫了神经。她教了我几个纠正骨位的动作，让我回家每天坚持做，并给我开了一个星期的红外线理疗的单子。给我看病的是理疗科的主任，是个戴着眼镜、文文静静的中年女人，对病人非常有耐心和责任感。

她说："小姑娘，你都来了好几次了，也没查出什么问题来。这次如果你做了红外线理疗和每天教你的动作还没有好转，那你可能身体就没什么问题，你就再回家观察吧。"

我一听心里一凉，这次是要把我彻底"发配"回家啊！

我急忙央求她不要放弃我："顾大夫，可是我还是特别明显地觉得不舒服，您不是也帮我摸了，您的手轻轻一放在我难受的地方，我就受不了。"

"嗯，小姑娘，你不要着急。有些时候有些病是不一定马上能检测出来的，所以你要回家观察一段时间。现在没查出什么至少说明你的身体目前没有什么大毛病，你不用那么担心。"

"可我宁肯查出什么问题来，查出来才好治，查不出来，一点办法都没有。"

顾大夫看了看我，从眼镜下面露出笑意，用一种仿佛是对幼稚小童说话的口吻劝慰我："你这个小姑娘！查不出来你应该高兴，说明没有病。真要查出来什么问题，你才要担心呢。"

我望了望眼前的顾医生，她说的话我已经在前前后后十几个医生那里听过了：我的检查没有问题，我没有病，也许是别的可能性，但到底是什么，谁也说不好……

我拿着缴费的单子走出了诊室。一屁股坐在椅子上，在那儿发愣。

冷小星走过来看看我，问我："又发傻啦？"

我有点痴傻地看着他，握住他的手，问他："为什么什么都查不出来？我到底是什么病？"

冷小星把我的手推开，鄙夷地说："你又要发神经是不是？都说过啦，你这是'神经官能症'。"

我讨厌"神经官能症"这个词！

什么是神经官能症?

从西医的角度来讲,局部神经功能性失调叫作"神经官能症"。但这只不过是一种说法。我想,"神经官能症"对那些在医院里当大夫的人来说,真正的解释是:那些用仪器检测不出问题的病,都归在"神经官能症"上就算完事儿。

要问我是怎么知道的,很简单,冷小星的父母就是西医医院里的医生。一个是血液检验科的主任,一个是脑科的大夫。他们曾经用一个实例给我说明过"神经官能症"的概念:

冷小星的妈妈有个朋友,有一年夏天不知怎么耳朵里进了一只小飞虫,后来费了半天劲,小飞虫终于被弄出来,家人以为没事了。谁知道,从此以后,这个中年妇女日日吵闹,说耳朵里仍有小虫叫唤,吵得她睡不着觉,头晕耳鸣不能承受。家人听她这么说,也怕小虫没有清理干净,只好又带着她到医院去做检查。可是医生却并未从她的耳中发现任何异常。

女人不相信自己的耳朵没有问题,让家人带她到其他的医院去做检查。可是,一家一家医院查下来,没有任何一个医生看到她耳朵里有其他东西。家人渐渐觉得女人是小题大做,或许是听错了别的声音也未可知,还有亲戚觉得她是神经出了一些问题。只有女人坚称她确实听见耳朵里有鸣叫声,要继续去别的医院,甚至提出要做手术来检查。她的家人感到束手无策,越来越相信女人的神经或者脑子出了问题,于是把她送到冷小星妈妈这里,希望正好是脑科大夫的她能帮忙劝劝这个女人。

冷小星的妈妈说,见面的时候,这个朋友的眼睛里布满了血丝，一脸憔悴，想说什么又没有开口。冷小星的妈妈对她说："你的耳朵里没有虫子，那么多医生都用仪器检测过了，你怎么就是不信呢？"女人听这话，眼圈都红了，还挣扎着说："可我就是总能听见耳朵里有嗡嗡的叫声。"冷小星的妈妈立刻打断了她的哭诉，说道："你那是神经官能症，是听觉神经局部失调了。"女人头一次听说这个名词，以为终于找到了病因，赶紧问："那怎么治？"冷小星的妈妈给出的答案是："这种毛病不是什么大问题，仪器也检测不出来究竟是哪个细微的神经失调了，但是你不去关注它，它自己过一段时间就会好。"

女人听到这话陷入了沉思，几次抬起头似乎想说什么，但终究没有说出来。脑袋终于垂下去，似乎屈服于这个看似专业的术语和解释了。

后来女人的家人把她带走，女人再也没有嚷着要去医院。她家人为此还特别来感谢冷小星的妈妈，冷妈妈到现在谈起这事都还一脸自豪。

我问："那个女人后来怎么样了？"

"后来我就常常去她家找她一起做家务活打发时间。"冷小星的妈妈回答道。

"那她后来还觉得耳朵里有虫子叫吗？"

"嗯，她有时还是会说她觉得耳朵里有虫子叫。"

"那她这样怎么睡觉？"

"她什么时候困了能睡着就赶紧睡一会儿。其实很多失眠的人都是这样不规律地睡觉的。"冷小星的妈妈一副揭示出真理的样子说着这话。

我很同情这个女人。我相信她确实听到耳朵里有异常的声音，才会一而再再而三地要去医院查出原因。我相信那个声音不是她臆造的，可能不是虫子，但一定是她的身体出现了实实在在的问题，否则长时间失眠带来的强大睡意不可能让她睡不着。她的不幸在于，她的家人和朋友不相信她的话，反而相信冰冷的机器。

在宇宙中，万事万物都必有因果。不存在只有结果而没有原因的道理。如果你觉得一件事情莫名其妙、毫无原因可言，那只可能是原因没有彰显出来。可惜的是，很多人看不到原因就以为是没有原因。殊不知，宇宙之中被隐藏起来的东西数不胜数。

而如今，我也陷入了与这个女人一样的困境。腹部右侧轻轻一触就会异常难受的不适感如此明显，却无论如何也查不出原因来。身体无时无刻不处在一种神秘的紧张当中，每一点细微的变化都会引起我的注意，因为不知道这预兆着什么。如果用一场战争做比喻，恰如敌人在暗处，我在明处。出拳相击，却似打在软塌塌的海绵上，无处使力，连敌人的身形、大小、技能都全然不知。唯有一惊一乍，草木皆兵。

而最惨的还不是这些。

最惨的是：我没有帮手，只有一个相信"神经官能症"的男友！

此刻，他正瞪着他的大眼睛忽闪忽闪地望着我，对我说："喂，你还好吧？说实话吧，你心里到底有什么解不开的结，让你老是这样神经紧张。喂，钟西西，你不要这么夸张，relax（放松），你尝试 relax 一下。"

我用鄙视而空洞的眼神看了他一眼，转头望向刚刚离开的身后的医院。医院在北京浓郁的雾霾中显得如此朦胧迷离，散发着白色的没有味道的气息。在我的意识当中，整个建筑物似乎离我越来越远，越来越看不清晰。我手里拿着已经写了一半多页码的病历本，手上提着我的核磁共振片子。我知道一扇大门刚刚已经轰然关闭了，这扇大门上面写着"西方先进医学"，第二行字却是"此路不通"。

我怅然若失地站在医院门口熙熙攘攘的街道上，身旁站着同样默然不语的冷小星。他虽然不知道我正在思索什么，却仍然把手搭在我的肩头。街上人来人往，不远处有几家寿衣店生意正好。每一天都有人来，每一天也都有人走。我站着的地方不是一个好地方，站在这里，人很难有好心情。

不得不说，我感觉到自己沉入到一种深层次的绝望之中。

2. 天地阴阳之气

以前没生病的时候，我最喜欢北京的春天。外面柳絮一飘，紧跟着天儿就热起来了。这个时候玩儿心特别大，总想四处走走逛逛。小的时候，每到春天就骑着儿童自行车和同学疯玩一通，踩着车到国贸后面的大斜坡上，"呼"地一下冲下去，风拂过脸颊，好爽。后来长大了，便改为到各种胡同里的故居、小店探访，再吃一顿小吃。总之，春天是闲不住的。

可今年大不一样了。从立春开始，我便天天窝在家里，什么也不干，望着窗外发呆。自从医生们把我遣送回家之后，我便一直在无力地等待着什么。

冷小星问："你等的是什么呀？"

我回答："命运！"

冷小星无言以对。

众亲友们看到我这副样子都觉得很无奈，也有打电话来的，也有拼了命要来"慰问"的，都被我一一拦下。

冷小星问："你怎么不让他们来呀？"

我回答："没劲！"

冷小星对我说话的简练叹为观止。

其实是因为我的这个病，其他人没经历过，很难讲得清楚。我不接电话也大概能猜得出他们要讲什么，无非是："医生既然没查出来什么，那就是没事。"再不然就是："你要振作！"也许还有："没有身体疾病，那就是心理作用。要放松，别想那么多。"

不想沟通——失去了沟通的兴趣，也失去了沟通的必要。因为我既无法清楚地描述出身体异样的感觉，也无法证明我的生理机能确实有问题。谁能相信我呢？

末了，我奶奶打来一个电话，我想了想，不能不接，便接了。

一接电话，奶奶温暾暾、慢悠悠、像棉花糖一样的声音便从电话另一端飘来："闺女，你怎么啦？听说你心情不好，还难受不舒服？跟奶奶说说你哪儿不好受呀？"

以前好几次生病都是奶奶护理、照顾我的。每次一生病，我就住到奶奶家去。有一年夏天，我突然拉肚子，什么都不敢吃，夜里经常因为胃疼惊醒。我跑到奶奶房间里，不敢叫醒她和爷爷，就站在那里捂着肚子喘大气。过了一会儿，奶奶悠悠转醒，看到我站在那里，赶紧问我怎么了，还埋怨我不叫醒她。奶奶陪我到我睡觉的屋子，躺在我身边陪我。我说我睡不着，奶奶就用她的肉肉手抚着我的额头，一下一下，让我安静下来，一边还说："放松，睡觉，放松，睡觉。"一直到天转亮，我才终于睡着。那年奶奶已经80多岁了。

所以一听到奶奶的声音，我立刻就不能自已了，眼泪和鼻涕"唰唰唰"地往下落。我带着哭腔说："奶奶，我不行了，医生都对我的病没办法。我现在就剩下等死了。"

奶奶说："唔，别乱说。人哪儿就那么容易死啊。医生怎么说的呀？"

"医生都不知道我的病是怎么回事，什么都查不出来。可是我难受的感觉特别明显，但就是什么都查不到！"

"唉！那医生怎么就查不出来呢？现在的医生也是的，都是糊弄事儿，病都治不好。你说你各种检查也都做了，怎么还是查不出来呢？"

"嗯……"

奶奶说:"闺女,你别着急啊,着急也没有用啊。西医不行,要不咱试试中医吧?"

"西医都不行,中医能行吗?"

"唉,奶奶也不太懂。要不你今天回奶奶家来?你姑姑认识个学中医的小大夫,说这小大夫挺神的。今晚要来咱家给我看看病,你也来让她看看,听听她怎么说?"

"是什么人呀?"

"听说是在协和医科大学学西医的,学到一半自修中医了。对中医挺有研究的。"

我不知道这个大夫是否靠谱,但抱着"死马当活马医"的心态觉得不妨试试。

挂电话之前我追问了一句:"奶奶,您哪里不舒服啊?"

"我还是老毛病,就是头疼胸闷。"

我想想自己,又想想奶奶。自己没让奶奶享过一天清福,如今我们俩双双病倒,只能看着对方干着急。我也想像其他人一样,正常毕业、正常工作,然后让自己的家人开心快乐,但我现在却失去了这样的能力。我想我还是得想办法让自己好起来。

我就是在这样的状况下偶然地认识了小徐大夫。

在想象中,中医大夫怎么也应该是具有古典气质的温婉女性吧,可小徐大夫完全是新新人类。初春时节,天气还未完全转暖,她脚踏一双雪地靴,穿着毛呢短大衣姗姗来迟。一进门便解释:"抱歉,今天医院有点事来晚了。不过我说过来就一定会来,看病必须亲眼见到病人。"

之前，姑姑跟我们说过这位小徐大夫，说她虽然年纪不大，但却是个主意特别正的姑娘。果然名不虚传。她虽然长得小、穿得潮，但仔细一瞧，一招一式一点儿也不马虎。进门之后什么都没说，直接给我奶奶把脉。把了有 5 分多钟，这期间我们谁也没敢说话。把脉完毕，我奶奶拉着小徐大夫的手开始诉苦，说自己有多么多么难受，每天都胸闷气短，头痛欲裂，昏昏沉沉。我爷爷嫌奶奶啰唆，又没说到点子上，直接插话道："那个北京医院的心内科专家啊，说她是心脏有房颤。"他自己其实也不明白房颤到底是怎么回事，末了又加了一句："小徐同志啊，这个房颤究竟是怎么一种病啊？我一直没搞清楚。"

只见徐姑娘玉手一挥，说："中医不讲房颤。我呢，虽然就读西医博士学位，但现在从医理上是完全信服中医的，我只能从中医的角度跟您说说奶奶的病。"说这话时声音如玉珠落盘、利落干脆，连我爷爷这种见过"大场面"的老干部也被她的气势镇住，赶紧虚心请教。

徐姑娘缓缓往沙发上一靠，一面继续握着奶奶的手，一面讲起来："奶奶的这个病，中医上来讲，我认为是胸痹。'痹'是病字头的'痹'，也就是'麻痹'的'痹'。是什么意思呢？相当于胸部被封闭起来了，气血不流通，所以会疼、会难受。它的这种不通不见得是实质性的不通，并不是西医说的脂肪堵在血管里了，而更像是气的郁结不化。'气为血帅'，气不行而血滞。"

"你的意思是我奶奶没有心脏病？"

"'心脏病'这种说法本来就是西医的概念，在中医这里我们只讲病因，不讲表象。西医把心脏不舒服的病、心脏各种指标不正常的病都叫'心脏病'。可在中医的理念里，每一个心脏病的病因和病理都是不同的，光看表面的指标无法知道本质的原因。"

"这不就是透过表象看本质吗?"以前上高中学马克思主义哲学的时候每每讲到"透过现象看本质"就用中医做例子，当时随心一记，没想到这会儿用上了。

"可以这么说。有的人心脏不好真的是心脏出了问题，但有的人呢可能是胃不好导致的，有的人可能是脊椎、骨头错位压迫了心脏。这种毛病要是一味按照心脏病来治，根本没治到病根上。"

"哦，西医是不是'头痛医头，脚痛医脚'?"嘿，高中学的那点儿政治全用在这儿了!

"没错。我举个例子吧，这样可能更形象一点。有一种菌叫幽门螺杆菌，西医认为如果人的胃里有幽门螺杆菌，那么这个人很有可能有潜在的胃炎，甚至是胃癌。西医为什么会这么认为呢?有个特别搞笑的故事：有个叫Marshall（马歇尔）的医生为了证明幽门螺杆菌与胃病的关系，自己喝了一罐子幽门螺杆菌的培养液，然后他果然得了胃病。于是他宣布幽门螺杆菌就是造成胃病的元凶。世人都认为这个外国医生特别英勇，有大无畏的精神，可实际上，这个医生只是证明了胃病与幽门螺杆菌之间的关系，在现实生活中不可能有人会自己喝下一罐子幽门螺杆菌，那么那些人胃里的菌是怎么来的呢?这医生把自己的胃都弄坏了也没能解决这个根本问题。"

说到这里，徐姑娘抬起头看看我们仨，问："我这么说你们能听懂吗？"

爷爷奶奶机械性地点点头。奶奶有点不好意思地说："虽然不能完全听懂，但是大概的道理能明白。"

徐姑娘很满意，继续往下讲："西医认为是病因的幽门螺杆菌在中医看来只是一种表象。幽门螺杆菌要生长，需要外在环境满足它的生长条件，比如温度、湿度。体内有幽门螺杆菌的人，他们的胃环境与一般的人很不一样。中医去解决的是为什么他的机体环境与常人不同，为什么一家人天天吃一样的饭，别人都没有幽门螺杆菌就他有。造成这个环境的原因每个人都不见得完全一样，通过找到根本原因，中医改变的是这个人胃部的整体环境，使胃里的菌自然灭亡。与此相反，西医的办法则是直接用抗生素把幽门螺杆菌给杀光，殊不知不改变整体环境，这种菌还是会长出来，而且在杀幽门螺杆菌的同时，许多对人体有益的菌也一并被杀光了，这使得环境条件越加恶化。这个例子就很能说明中医与西医治病原理的不同了。"

我听了之后如梦初醒，觉得徐姑娘说的这个道理特别正确。

我们家是典型的医盲家庭，家里没人懂医理，生病了就是吃药、打针、输液。从小我爸就跟我说：治病要用西医治，用中医巩固。这意思无非是说治病主要还得靠西医，中医嘛可有可无，只能给人家西医做做扫尾工作。如今看来根本就不是那么回事！

徐姑娘给我奶奶看完病又过来给我诊脉，手一搭上来便惊呼：

"你的脉好弦！"听她这么说我很疑惑，脉咸？她又没有尝怎么知道我的脉是咸的而不是甜的呢？幸好她接着解释道："脉弦，是说脉搏手感又涩又尖，是肝郁的典型脉相。你肝郁非常严重。"

"什么叫肝郁？"

"肝气郁结而不得生发。因此肝火郁在其中，你应该很容易发脾气。我说得对吗？"

"对对对，我除了容易发脾气，还抑郁，觉得做什么都没意思，有时候觉得特别绝望。"

"肝郁的人当然会抑郁。气憋在身体里能不抑郁吗？你的脾也虚弱，心气不足。这会导致你做什么都觉得累，没情绪。你食欲应该不是太好吧？"

"没有食欲，就是很勉强地把饭吃下去，完全不觉得饿。"

"会不会容易哭？"

"会。"

"肾水也不足。"

"哦。"

徐姑娘每一条都说得稳准狠，切中我的要害。听来听去，我觉得自己没一个地方是好的。

"那请问我的抑郁是不是身体有问题造成的？只要把身上的病治好，抑郁自然也就消失了？"

"身疾与心疾的关系非常复杂。肝气郁结当然会导致人的抑郁，但是你一开始生病的时候一定也是心情不好才会影响肝气的条达，两者其实是互相作用的。所以你现在一方面要通过药物来调理你的肝气，另一方面也需要你有舒畅的心情来配合。中医讲人生病与外因和内因都是有关系的。所谓外因就是'六淫'，即风、寒、暑、湿、燥、火，而所谓内因就是情志的变化。很多时候内因对人身体的影响更大。你想想当时生病的时候除了受了寒，是不是情绪也有问题?"

的确，我当时心里有无法解开的结，惶惶不可终日。

"那么如果用药物调理，再加上心情平和，是不是我还有治好的希望呢?"

"从原理上讲是这样的。不过一定要对症下药才行。其实要想保持身体健康也没那么难，只要顺应天地阴阳之气就可以。"

"什么意思?"

"就是说天地运行其实是有它自己的规律的，人要遵循这种规律而生活。如果行为违反了这种规律，就会对身体产生不良影响。比如太阳早上升起，晚上落下，人也应该日出而作、日落而息。人体的12条经络每天各有当令的时间段，按照这些时间分配，人应该做不同的事情。早上吃饭最合适的时间是6～7点，中午则是12点左右，晚上则是7～8点。常年不吃早饭伤脾，常年不在晚上11点之前睡觉，伤肝伤肾。其实最好的上床时间是晚上9点，但现在很多人下班晚，那时候才刚刚吃完晚饭没多久，所以现代人身体好的没几个。心情要开朗，生活要看开，别太计较小事，要保持一颗宁静的心。"

听徐姑娘说完，我心里羞愧得不行。上学的时候，每晚熬夜看书，没在12点前睡过觉，几乎长达10年之久。睡得晚，起得自然也晚，常常一睁眼已经9、10点钟了，身体没力气，懒得下5层楼去买早点，于是就不吃了。长此以往，脾胃自然就不好了，一到秋天总是胃疼。更别提徐姑娘说的心安。

自从跟冷小星在一起以后，一方面因为自己身体上的病总查不出个所以然来，不免焦虑；另一方面，冷小星是一个破坏安全感的"天才"。有些男生就是这样的，对你来说他就像是绝缘体一样，什么"热情"、"温柔"一碰到他的表面，就听"嗞嗞"两声，全都没了，不产生任何反应。他不给你传递或提供任何的温暖感，让你觉得有你没你对他来说好像没什么区别。表面上呆呆木木的，看不出他里面包裹的是什么东西。和这样的人待在一起，成天心里七上八下，终日挂念他，无法休息。

难怪我会成长为这样一个奇葩的人！身边的环境如此恶劣，再加上自己在养生上太不上进，哪里抵得住深夜湖边的寒风？徐姑娘说"心神不守、元气不足则外邪长驱直入，染病而不自知"，意思是说自己的心思不安宁，身体天生的元气平时不好好养护而导致不充足，其他会让你生病的病邪就会不受阻挡地进入体内，在不知不觉的时候就已经染上了疾病。这太符合我的情况了。

从家出来送小徐大夫去地铁站的路上，我问她有没有把握治好我和奶奶的病。

"当然没有了。"徐姑娘倒是回答得干脆利落……

"我学中医才学了多长时间啊？别说是你奶奶，这么大岁数的人身上不是一个地方有毛病，病因夹杂，而且身体恢复得慢。就是你这么年轻，身体恢复得快，你的症状也有可能是多种原因造成的。我觉得你的病根本原因是肾水不足、肾气虚寒，但我不能保证我的判断一定那么准确，毕竟我的临床经验还没有那么充足。"

"徐姐姐，我好不容易碰上你这么一个说得我心服口服，觉得特别对的医生，要是你也治不了我的病，那我该怎么办啊?"

"你别着急啊，"徐姑娘拍拍我的肩，"你别看我说得头头是道，其实这都是中医的基本理论。真要讲临床经验，那比我高明的大夫大有人在，人家有的是从小就学中医，练童子功的，我跟人家没法比。只要你明白中医的道理，一方面找到真正高明的医生，一方面自己调理，你的病总会慢慢好的，千万急不得。"

徐姑娘的样子像是我的好姐妹在跟我分享人生秘籍一样。我对她说的一知半解，懵懵懂懂地点点头。

人的心与神寄居在我们的体内，像个神灵一般，是我们躯体生命的所在。这个心神如果不安定，就会导致我们的整个身体出现失调。同样的，如果我们没有把这个躯壳养护好，让它出了问题，心神住在里边又怎么会住得舒服? 住得不舒服它当然会郁郁寡欢，有些人难免抑郁起来。人的心与身恐怕就是这么一种无法剥离开来、相依相存的关系。我活了20多年，如今才明白了这么一个简单的道理。

徐姑娘后来的确没能把我的病治好，不过经由她的开导，我的生活还是出现了不小的转机：在关上一扇门之后又重新打开了一扇窗。

3. 生与死

徐姑娘其实是个神人。

8 年前她从江苏那个叫连云港的地方，以最好的成绩考上了北京协和医科大学临床专业本硕博连读。三年之前她因为自己身体的问题第一次接触到真正的中医，发现相对于她所学的条理化的西医而言，中医虽然看似掺杂了太多的想象力，但的确是更加博大精深的学问。在调理好自己的身体后，徐姑娘花了一大笔钱拜了一个中医为师求学。我问她："你们家怎么有那么多钱让你学中医？"她斜着眼看我："钱是我自己攒出来的。"

好家伙，一个大学还没毕业的学生竟然能自己攒出将近 10 万块钱，估计当时也是倾尽所有了吧。

"你不觉得这价格有点贵？"

"这价格还贵？远的不说，学好了中医能把自己和家人的身体调理好，还不值这个价？"口气好大。

徐姑娘这么有本事，说话又总是语不惊人死不休，却早早结了婚。每次和她见面之后，她翩翩潇洒、温柔敦厚的老公总是开着一辆雪亮亮的白色轿车来接她，我也总能搭个顺风车。徐姑娘见到自己先生就像变了一个人，温柔地嘘寒问暖："你吃饭了吗？""今天做了什么？""有没有很累？"两人完全像是骗人的偶像剧里你侬我侬的年轻夫妇，夫唱妇随，美好得不像是人间发生的事儿。

我问徐姑娘："你怎么见了老公就跟换了一个人一样？"

徐姑娘回答："在你经历许多事情之后，就会懂得珍惜日用平常。"

"说得好像你历尽沧桑一样……你有什么烦恼？如今也要毕业了，你这倒好，拿着西医的博士，又拜了中医的师父，估计你可以成为中西医结合界的牛人。"

"我早说过了，中医、西医根本无法结合。我毕业之后要先出国进修一年，然后去西苑医院坐诊，当正正经经的中医大夫。"

"西苑医院是哪里？我怎么从没听说过。"

"在北京的西北角，跟宽街的北京中医医院、东直门中医医院、广安门中医医院并称为北京四大中医医院，你竟然没听说过？"徐姑娘一副惊诧的样子。

"恕我孤陋寡闻。可是你走之后，谁来给我治病？"

"反正我的药你吃着也没感觉。治病这件事，有时候也要讲缘分的，病人信任医生，医生再辨证施治得当，有时候就能药到病除，一两服药下去就能好转。你就是太担心你的病了，对医生不够信任。我跟你说，全中国就北京和广州的中医大夫最多。北京那么多好的中医大夫，还怕找不到能把你看好的人？真不知道你到底在担心什么。"

徐姑娘摇摇头，一副不理解我执迷不悟的样子，转身上了自己家的小白车。白色小车一掉头，像是一只银色狐狸，发出一点儿声音，喷出一些烟雾，然后矫捷地往前一跃，瞬间消失在深夜的东三环。

不久之后，徐姑娘提前做完毕业答辩随先生远赴欧洲进修。

我仍然留在这个城市。春天过得那么快，白玉兰开满一树的时候，我还是没有找到预想的那个能治好我的病的人。

我像是着了魔一般，每日在家泡各种中医论坛，四处寻找靠谱的中医大夫。早上起来吃过早饭就开始看各种中医帖子，中午匆匆订个外卖，匆匆吃完，然后又继续开找。我的搜索关键字无非是"好大夫推荐"、"北京好大夫推荐"、"好医院推荐"，等到查出某个医院或大夫的名字，再详细搜索。

网上众说纷纭：有的人说老大夫好，有的人说老大夫不一定好，年轻的医生反而更认真靠谱；有的人说老牌中医医院好，有的人说高手都在民间；有的人说北京中医药大学的国医堂好，有的人说西边白云观里有个医术高超的老道；有的人说火神派以毒攻毒见效快，有的人说伤寒派稳扎稳打才是王道……

有时，我也会去看其中一些大家都推荐的大夫。我看过每一个月来北京出诊一次的山西民间大夫，他给我看病的时候教了我一种腹部按摩法叫"八卦推"；我起个大早到中医医院挂专家门诊，结果才5分钟就把我打发出来了，开的药我也没吃；我冒着风雪去针灸医院扎过针，扎的时候针感艰涩，我又不敢动，难受得我嗷嗷直哭；我看过药房里坐诊的大夫每次不仅给我开药，还教

人的心与身

恐怕就是这么一种无法剥离开来、相依相存的关系。

我活了20多年，

如今才明白了这么一个简单的道理。

育我要坚持锻炼，每周至少跑步三次，推荐我看一本叫作《与神对话》的书……

我终于明白徐姑娘跟我说的"治病要看缘分"的意思。这形形色色的医生看下来，有的我去了一次就不再去了，有的我连续喝了几个月的药，但无一例外的是，到最后都没能让我的难受有所好转，我的身体对这些药仍然无感。我不知道是医生们医术不够好，还是我自己像徐姑娘说的那样，太不信任这些大夫了。

我的身体越加肥胖，脸肿得像变了一个人。日出日落，我每天面对电脑上的各种帖子出神。

我给徐姑娘发去电邮：

为什么中医这也好那也好，却没人能治好我的病？

为什么？

我坐在黑暗中的床上，整个屋子只有电脑的屏保一闪一闪地亮着一点光。窗外的霓虹灯已经亮起，夜幕低垂的北京天空有一种灰蓝色的沉默。我听见冷小星回来的声音；我听见钥匙插入锁孔转动了两下，转错了方向，又朝另外的方向转，一圈，两圈，门应声而开；我听见冷小星开了客厅的灯，放下书包；我听见他坐到鞋柜旁的凳子上，把皮鞋脱掉；我听见他开厕所的灯；我听见他穿着拖鞋走进去拧开水龙头用水冲脚。

然后他走进我的房间。我知道他知道我在家。

他打开我房间的灯，看着我混乱的小书桌。桌子上面蒙着淡淡的一层灰，杂乱地摆放着毫不相干的东西：手机、发卡、护肤品、病历本、护照、眼镜、艾灸条、《新周刊》杂志、加了热水的果汁、打印好的论文、身份证复印件、毛巾、耳钉、花露水，如此种种，花团锦簇地围绕着一台 Thinkpad（联想笔记本电脑），它如此坚硬却哑然失声。轻轻滑动触屏，屏保关闭后，带着十几个标签栏的浏览器赫然在目，每一个标签都是和医院、药方、病症相关的内容。

冷小星走过来爬上床，摇摇我的身子。我用空洞的眼神望着他，问他："为什么没有出路？"

冷小星莫名地愤怒起来，在房间里走来走去，一只手掰着另一只手的骨节，"咔、咔、咔"，一个一个全都没有辜负他的期望，响得很。

"钟西西，你差不多就行了！搞笑也要有个限度！"我抬起眼皮，看了他一眼，又放下眼皮。

"你不就是生了点小病，有点不舒服吗？你至于要死要活的吗？你不就是有点神经官能症吗，你至于让它发展成为真正的神经病吗？"

我听了他的话，再也忍受不了："冷小星，我告诉你！我没有神经官能症！我也没有神经病！我就是个生活在山里的怪物行了吧？你们谁也别理我，我回头就回到自己的洞里自生自灭，等我消失了你们就都好了！"我用尽全身力气对着冷小星吼，嗓子嘶哑起来，声音颤抖，像是要把谁吃掉。

冷小星大概从来没见过我这么吼，像是被我的威力震慑住了，半天没说话，然后突然问我："你到底怎么了，小西子?"

小西子是冷小星给我起的昵称，平时他抱着我的时候老这么喊我。我在暴怒之下突然听他这么喊我，心里委屈极了，一下子瘫坐在床上，哭了起来。

"冷小星，我害怕……"

冷小星走过来坐在我对面，像看一个耍脾气的小孩儿一样笑起来："你到底怕什么呀?"

"你不知道，我无时无刻不在难受。而且我到底得了什么病谁也说不清楚。"

"但是你并没有得什么大病啊。"

"这谁说得准呢? 那么多医生，谁也治不好我的病。我感觉我对自己的身体毫无办法，不知道什么时候它会出现什么状况! 我既没有缓解症状的办法，也不知道它将往什么方向发展!"

"你觉得它能往什么方向发展? 你到底在怕什么?"

我看着冷小星的眼睛，此刻他的手正握着我的手，我感觉到他的手非常坚定，非常温暖。我决定姑且一试向他敞开心扉，万一他能理解呢。

"我怕死。"

我终于承认了。

冷小星用一种疑惑的眼神望着我，说道："第一，你的病不会让你死。第二，就算是要死又怎么样? 有什么好怕的? 只要你死而无憾就没什么好怕的了。如果将来我要死了我就不会怕。"

我心里对他的话超级不屑，最讨厌他这种自以为是的态度。病不在他身上，他不难受，当然站着说话不腰疼。

我说："第一，你根本不知道什么样的病会让人死。第二，你也不知道人在死的时候有多痛苦。"

冷小星问："你就知道？"

"我当然知道。"

我当然知道。冷小星听到我这么说也马上意识到的确如此。

"你因为你妈妈的事情所以对生病有一种恐惧心理是不是？"

"是，因为死亡本来就是非常恐怖的。"

有没有发现，在我的叙述中"妈妈"于我是一个缺席的角色？那是因为，她在我 16 岁那年因为罹患癌症离开了我。不然的话，也许我的人生不会是这样。

"她是这个世界上真正疼爱我的人，所以她的痛苦我能感同身受。你根本无法想象死亡是一件多么可怕的事。"

"有多可怕？"

"我妈妈从始至终都不知道自己的病情，因为我爸爸觉得不应该告诉她，所以她一直觉得自己还能好，可是她的身体却每况愈下……我家人也没有告诉我实情，但有时候我会隐隐地觉得不对劲儿。我不知道我妈妈到最后的时候是怎么想的，也许她会为自己所经受的巨大痛苦而感到震惊，也许她像我一样不想相信但却怀疑就是如此。"

"也许她那时已经顾不得想那么多。"

"嗯，也有可能如此。"

我继续说："我妈妈一开始的时候，只是一直后背疼。有很长一段时间，我们一直以为是她的心脏有毛病，但却查不出任何问题。结果最后是胰脏的问题，这谁能想到，谁又有办法预知？我记得非常清楚，到最后几天的时候我妈妈只能靠打吗啡来止疼。我们去看她的时候，她跟我爸爸埋怨说护士不给她多打点止疼针，她还是觉得疼。她是那样好的一个人，平时根本不会随便对别人发脾气，但是她那天看起来非常不高兴。可她不知道的是，其实医生已经给她用到最大剂量了。因为那时候除了帮她止疼，已经没有任何其他办法了。

"我没能见到妈妈最后一面，这些年我一直非常悔恨。有时候我会恨当时给我打电话的奶奶，因为都到了那个时候了，她还支支吾吾不肯跟我说实话，耽误了时间。说好听点儿她是怕伤害我，说难听点儿她这是对我最大的伤害！虽然奶奶后来一直对我很好，可我始终无法忘记这一点。所以我不知道最后一刻妈妈是怎样的，如果我能见到她她会跟我说什么，她连一句话都没能交代给我就走了，我连对她最后的安慰都没能给她。"

"所以你的回忆就一直停留在那一刻不肯离开是吗？"

"你这么说是什么意思？"

"钟西西，任何人都不会觉得死亡是一件不恐怖的事。虽然我没有像你一样经历过你说的这些，但我仍然毫不怀疑死亡确实是一件让人感到害怕的事。当然，你所看到的死亡要比我们这种想象中的死亡更加具象，所以你所感到的恐怖也更加具象。可问题是，这种恐怖对于你真正地理解死亡、处理死亡毫无意义，你只会更加不能面对。"

"可它本来就是那么痛苦，怎么样做能有意义？"

"你觉得你妈妈为什么会生病？"

"很多原因。她太过操劳。那时候她上班是上24小时歇48小时，睡觉非常不规律，可休息的那两天她也没法好好补补觉，她要处理我们自己家的事。那时候我爸爸什么都不管，家里大小事情都是我妈妈做，此外她还要去照顾生病的姥姥。另外，她过得也并不开心。在我们这样一个家庭，很多人并不关心她，反而瞧不起她，让她处处受委屈，令她绝望。我后来看到过她的日记，她说我是她生命中唯一的一点儿希望，可我有时候也会任性、跟她耍脾气。"

"你那时候还很小，任何小孩儿都会任性，这很正常。所以你妈妈是因为操劳过度加上心情不好才会生病的对吗？"

"嗯，我觉得是这样。而且从中医的角度来分析，这两件事也的确会使人身体不好。中医认为人要规律作息，合乎大自然的规律，如果光操劳不休息当然会耗损正气；人的心情更是十分重要，常年心情不好会让人生很多病。"

"那中医是如何解释人的死亡的？"

"中医认为人有先天之气和后天之气。后天之气充足就不会耗损先天之气，不足则会耗损先天之气。先天之气不可再生，因而不可滥用。有些人死是因为没有找到正确的治疗方法，有些人找到了正确的方法但还是死了，就是他已经到了不得不走的时候了，谁也没有办法，所谓'回天乏术'。"

"嗯。你这不是分析得挺好的吗？虽然我不是特别明白你说的先天之气、后天之气是什么东西，不过按照你说的，只要规律作息、保持心情愉快不就不会生病吗？既然人的死亡很多时候也是没有办法的事，你也就不用那么纠结了。"

"可是人死的时候是很痛苦的。"

"也不是所有的人死的时候都那么痛苦。我们老家那边有个地方叫南山，是个长寿村，很多老人都是自然死亡的，睡一觉人就没了，一点也不难受。"

"嗯，我倒是认识一个爷爷也是这么没的。可这种情况太少了。"

"就算不是自然死亡，每个人在死的时候痛苦的程度也是不一样的。所以你既然从道理上理解了死亡，也知道怎样能保持身体健康，就不用老想着那些痛苦的记忆了。"

"不行。就算跟生病和死亡无关，我也不能把那些记忆抹去。"

"为什么？"

"因为如果连我都忘记这些，就没有人记得了。很多事情都已经变了，有谁能证明我妈妈曾经活过，曾经真真切切地存在这个世界上？她是个普通人，没有留下过什么，唯有我的记忆能证明她曾经的存在。"

"你太肤浅了。难道你觉得这个世界上就只有你记得她，别人都已经将她忘记了？"

"我看不出来别人还记得。"

"记得一个人需要让别人看出来吗？"

冷小星看我沉吟不语，继续说："不说别人吧，就是我，虽然没有见过你妈妈，可是我是常常想起她的，也十分尊敬她。"

"啊？你？你心里除了你自己还能想起别人来？"

"我怎么就想不起别人来啊？你可不能趁机扩大矛盾、上纲上线啊……"

"那好，那我问你，你为什么常常想起我妈妈？"

"因为我听你对她的描述，知道她对你来说是非常重要、非常特别的一个人。我也觉得你妈妈对你和你家其他人对你很不一样，我觉得她的教育方式很好，很注意培养你的健康心态，不像你家其他人一样老否定你。所以我想，如果她一直在你的身边，现在你一定会更健康也更快乐。"

"你真的是这么想的吗？"我万万没想到，极度自负如冷小星者，还能说出如此温暖人心的话来。

"我当然是这样想的，但是如果我不跟你说你也看不出来对不对？所以很多人记得你妈妈，不过他们不一定会天天跟你说。而且记得一个人为什么要记住那些痛苦的东西，为什么不去记住那些美好的快乐的东西呢？"

"因为我想记住她曾经的痛苦。"

"为什么？"

"因为我为她感到不公平。"

"难道你想替她报仇？报复那些曾经对她不好的人？那些人可都是你的家人。"

"那倒也不是。我觉得那些曾经对她不好的人已经后悔了，所以我觉得他们之所以对我好都是因为要在我身上弥补对她的亏欠。可我想让他们知道这是弥补不了的，他们想通过对我好来摆脱自己的负罪感是没用的，他们应该忏悔终生。"

"你为什么要这样想？我相信没有人会因为对你好就觉得你妈妈的离开不是遗憾了。她的离开当然是所有人的遗憾。他们对你好，也许不是想给自己赎罪，也许只是觉得你失去了至亲很可怜，需要他们的关怀。"

"可我不需要他们的关怀。"

"好吧，"冷小星做出"退一万步来讲"的姿态，"无论你需不需要他们的关怀，这些都已经不重要了，因为它们都是过去的事情了，已经过——去——了。小西子，你得学会把过去放下才能更好地向前走。"

"可如果我把这一切都淡忘了，我会觉得像是背弃了我妈妈一样。"

"你一直记得这些事，活得这么痛苦，就不是背弃了你妈妈吗？有一件事你一直不太明白，小西子。"冷小星冲我眨眨眼，还故意停顿了一下，然后说出了一句让我非常惊讶的话：

"你妈妈虽然是个普通人，不过在这个世界上她却并不是什么都没有留下。她留下了你。"

冷小星的这句话颠覆了他在我心目中的形象。从前他是骄傲、过于理想化、不懂现实、不明白痛苦是怎么回事的人，现在却变成了一个稍微有一点儿人生智慧的人了！

我半天没能说出话来，因为一时还无法明白他说的这句话的深层含义。

"所以你过得好是很重要的。我让你放下过去不是让你忘掉一切，而且让你忘你也忘不掉对不对？但你可以记住那些美好的，淡化那些痛苦的，把它们放在内心最深处。你不必觉得是在背弃你妈妈。我相信你妈妈最希望你得到的是生活的真谛，她不希望她的离开令你后面的生活一直都如此痛苦。而那些做过不好事情的人，他们的内心一定很清楚自己做过什么，他们自己会后悔、会遗憾的，这就行了。"

"钟西西，"冷小星语重心长地对我说，"你现在已经长大成人，你后面的生活都要由你自己来负责了。你不必再纠结于那些过往的岁月了。如果真的想记住你妈妈，你就应该变成一个她想成为而没能成为的人，应该生活得幸福才对。以后我会努力让你变得幸福的。"

我被冷小星一连串的哲理性发言所震惊，细细一想，他说的其实很有道理。

我尝试确认他说的话："你的意思是，即使我忘记我妈妈所经受的那些痛苦也没有关系了吗？"

"不是让你完全忘记，只是让你把它放下。"

"你是说我不用担心我的病吗？"

"你只要作息规律，心情良好，情况就不至于变得更差对吧，也许身体还能慢慢好转。然后我们再找一个靠谱的大夫帮你调理不就行了。"

"可到哪里去找靠谱的大夫？我都已经尽全力了，实在不知道哪里还有靠谱的大夫了……"

"以后咱们一起找，也发动一下身边的家人朋友，肯定能找到一个相对靠谱的大夫。你也不用太着急，病也不是一朝一夕能治好的，关键是先把心理上的包袱卸下来。"

"我身体上的不舒服不是心理问题导致的……"

"我知道。我以后再也不说你是神经官能症了行不行？不过心理健康对你的身体也是有好处的。"

"好吧……"我终于妥协下来，仿佛在荒漠中找到了一小片可以歇息的绿洲，躺在树下喘着气，有一点点阴凉和舒服。

当天晚上，冷小星带我去好好吃了一顿晚饭。虽然我还是不大有胃口，但是能按时准点吃饭还是让我感到很欣慰。冷小星说得对，过去种种皆为过去。我就是一直缺乏一种让过去成为过去的能力，才会有太多的记忆点，有的让我担忧，有的让我害怕，有的让我悔恨。

人最难做到的也许不是原谅别人，而是宽恕自己、放松自己的心。自己的内心无所羁绊，是自由的，就会感到舒服自在。没想到这个高深的理论会由"幼稚小童"冷小星同学给我讲出来。

当晚临睡前，我收到徐姑娘回的邮件：

中医现在本就不够昌盛，"真正"的中医大夫并不多，而药材很多也都是人工制成，疗效有限，你碰到的问题并不奇怪。

尽管如此，找到能治你病的大夫仍然大有希望，不要放弃。

望早日收到你好转康复的喜讯。

想到中医的理论毕竟还是正确的，想到冷小星就在身边、答应帮忙，当晚我睡得异常好，没有做梦，一觉睡到天亮。

第三章

亚当 和 夏娃

1. 我的朋友周轻云

我的朋友周轻云是个大叔控，和我正好相反。所以我们搞不明白彼此为什么会爱上这样的男人。

"喂喂喂，周轻云，这男的也太老了吧，跟你一点儿也不般配，你看上他什么了？"

"他成熟有魅力。你喜欢的那个谁我也没看出来好在哪里啊……"

不过这并不妨碍我们成为交心又交情的朋友。

以前上学的时候，我们常常一起骑车回家。骑到建国门古观象台底下，有个小的街心公园，我们就下车坐到公园的长椅上去，天南海北地聊天。

那时我信誓旦旦地对周轻云说："你知道吗，将来我要是嫁一个人，他一定要最最喜欢我，最最爱我。就算将来我们生了一个女儿，他也不能喜欢女儿胜过我，不然我会吃醋。"

周轻云大呼："你这个变态！"

我哈哈大笑，承认她的确比我更具有母性的光辉："好好好，将来你要是有了孩子，肯定是个好妈妈，行了吧。"

周轻云冲我眨眨眼睛，得意地默认了。

就是这样一个周轻云。她的名字和《蜀山剑侠传》里"三英二云"中的周轻云一样。小说里的周轻云是个女侠，我的朋友周轻云虽然不是女侠，但却是个奇女子。

二十几岁的时候我陪着她去医院做人流前的检查。在人挤人的妇产保健科走廊里，我用自己的大衣叠成靠垫放在她背后让她靠着腰，冷眼看着走廊外面等在那里的一排形形色色的男人，禁不住骂道："男人真是没有一个好东西！"轻云坐在我旁边，脸上没有任何表情。她穿着肉色高领毛衣，脸上一阵一阵发白。

做完检查，我陪着轻云去家乐福买东西。我替她在外边租好了房子，这样她做完手术就可以有个地方落脚休息。那时候我什么都不懂，不过好歹知道该帮她买些热水壶、棉被之类的日用品。在超市里逛着的时候，我看着什么都好，想替她买这个又想替她买那个，就怕她休养的时候过得不好。我风风火火地拉着她走来走去的时候，轻云突然问我："我真的不能把这个孩子留下吗？"

我的心一沉，在此之前我从来没想过这个问题。我抬头看着她，不明白为什么她会有这样的疑问。"亲爱的，你为什么突然这么问？"

"我也不知道，"轻云低着头说，"只是自从有了这个孩子之后，我突然有一种要当妈妈的感觉。你知道，这是我的孩子。我最近每天下班都会去买点儿好吃的，觉得这似乎是我唯一能替他做的了。我甚至没有机会知道这是个男孩还是女孩。可是我们真的要就这样剥夺他的出生权吗？"

我突然想到若干年前我们半开玩笑半认真的那场谈话。虽然不能感同身受，但突然意识到，也许对轻云来说，失去孩子让她很难接受。

在考虑了几分钟之后，我给出了我的回答："如果不能给这个孩子一个正常的身份，你把他生下来是不公平的，会让他痛苦，那还不如不要让他来。"那时我如此幼稚，以为凭借着"正义"和"理性"，就能随便判断一个生命的来与去。

轻云沉默不语，也许不知该如何回应我。

我觉得自己的语气太强势，知道轻云亦是受害者。我拉着她的手轻声问她："为什么让事情变成这样？"

"这是个意外……"轻云小声说。

"你爱他吗？"

"我也不知道。他很成熟，有时候我觉得他好像能一眼就把我看穿，让我无处可逃。"我知道她说的感觉是真的，有些人就是有这种致命的魔力。

"周轻云，你觉得把这个孩子生下来你有能力独自抚养他长大吗？"

她抬起头，眼圈都红了，然后摇摇头。

我没有再说什么。

那段时间，我常常下了日语课之后骑车去给轻云租的房子陪她。我一边复习功课，一边和她聊天解闷儿。那时我还年轻，不大能体会她的那些思绪，也不懂得小产之后该吃些什么，只会帮她做些红糖水煮蛋。有时买些虾清煮了两个人吃，有时买鸡翅给她做可乐鸡翅。这些都是我那时觉得最好的食物。

那时我们虽然过得苦，却成为彼此的生死之交。

所以轻云给我打电话约我出去吃饭的时候，我有些吃惊又并不吃惊。毕竟我们有一段时间没有联系了，但我知道，我们两个的生活常常是连在一起的。我如今变成这样，轻云不会坐视不管。

约定见面的地方在西藏大厦B座，离我住的地方不远，但我从来没去过。轻云说那地方叫"彩虹之约"，是家吃淮扬菜的地方。我喜欢吃淮扬菜。

这家餐厅有些与众不同。每张桌子上有一张大的卡片，上面画着一个白衣飘飘、风度翩翩的金发耶稣，旁边是一张地图，记录着耶稣当年传道所经路线以及他的主要事迹。我一边看一边想，耶稣这人还挺有趣、挺仁义。再仔细一看这家餐馆，才发现墙上有彩色的玻璃，地上有黑色石砖拼成的一个大大的"十"字。

轻云姗姗来迟，坐下后立即说明这是一家基督教主题餐厅。

我问她："你是基督徒了？"

她点点头。

我一点儿也不吃惊。轻云虽然看起来那样云淡风轻，却是一个无论做出什么事都不会让我感到奇怪的存在。她是奇女子嘛。

"还有，再过两个月我就要去美国了。"

轻云后来辞职离开了曾令她有过不美好回忆的伤心地，自己在家准备英语考试，申请学校，最终拿到了offer。这些我都知道，只是没想到时间过得这么快。在我四处求医的时候，轻云已经一个人完成了所有这一切。

轻云点了这家餐厅的推荐菜，叫"五饼二鱼"，就是五个小白饼配上半条松鼠鳜鱼、半条香煎鳕鱼。菜品很特别，口感也不错。

"你身体怎么样了？"

"嗯，我最近找了一个以前在部队里工作的大夫帮我调理，症状有所缓解。不过，还是没有人能说清楚我这个病到底是怎么回事。所以平时心情还是不太好。"

"那你愿意跟我去教会看看吗？"

"啊？"

"我就从那里找到了很多帮助和力量。"

"你知道，我虽然并不否认这个世界上存在超自然的力量，但我也无法确定就一定有。"

"我知道。亲爱的，你也许不相信或不一定能接受，但是我真的希望你能跟我去教会。我很希望在我去美国之前能帮到你。"

"我知道你一直在参加教会的活动，我也觉得教会里会有很多很好的人。可这并不能说明教会的作用真的就那么大。"我试图很理性地劝说轻云。

"是我感受到了。"轻云凑近我，紧盯着我的眼睛说。

"你感受到了什么？难道你听到上帝跟你说话了？"我不解。

"不是，不是听到的，是我感受到的。我能感觉到我的心里逐渐充满了圣灵。"

"这听起来特别像迷信……"

"钟西西，你为什么就这么执迷不悟呢？你经受这么多奇怪的痛苦难道就不想想是为什么吗？你不觉得很多事是你怎么想也想不明白的，在很多事面前自己不过是渺小无力的一个屁人吗？你觉得噩运会无缘无故地降临而没有任何原因吗？"

轻云这番话说得慷慨激昂，说完之后又恢复了往日的平静。不过她的话却仍然没能回答我的问题。

"轻云，你生气了吗？"在这个时候，我不愿意再让自己的好朋友生气。

"不，不，亲爱的，我没有生气。我只是很想帮助你。"轻云叹了一口气，"其实你有现在这种想法，挺正常的。我以前也跟你有同样的想法。但我想问你一个问题，这个问题很重要。"

"什么问题？"

"你觉得自己有罪吗？"

我想了想我的前半辈子，此前的 20 多年，一声叹息换不来万般后悔："会。我有时会觉得自己以前的很多事做错了，总是对生活和他人抱有不满，伤害别人，但是我仍旧不知道究竟是因为什么我变成现在这样，原因似乎很奇怪，我也不知道该怎么办。不过我觉得让我感受到你说的那些抽象的东西真的不太容易，你是怎么感受到的？"

"有一天我在参加礼拜的时候听他们唱赞美诗，听着听着我突然就感受到了，眼泪止不住地流，觉得很感恩。"

"是什么样的词？"

"我记不清了，但这不重要。自从那之后，我每每看到赞美诗的词，心里都会感到像是充溢着什么，就像这一句。"轻云指着餐厅菜单首页写的一句词，我仔细一看，原来是：我所赐的水要在他里头成为泉源，直涌到永生。"看到这样一句话，你心里不会有什么感受吗？"

我仔细体会心里的感觉，却并未有什么异样。我遗憾地摇摇头，对轻云说："其实我也觉得如果能像你一样感受到就好了，因为我觉得你们看起来都很快乐，很安心。"

"我知道现在跟你说这些你还理解不了，不过你就把基督教当成一种知识、一种哲学、一种文化来了解也是好的。最起码，你看看我，不觉得我的变化很大？不想了解我变化的原因吗？"

我想到以前轻云常常低垂的睫毛，想起她常常沉静而发白的脸庞，想起她有时的若有所思、沉默不语，想起她的悲伤而无法自拔，想起她的失去。我再看看她现在有着光彩的眼神，有着光彩的脸和全身。她的确在我没在她身边的这段时光，在我不知晓的情况下改变了许多。看起来，确实像有一股什么力量改变了她。

"那好吧，我可以去教会看看，不过我不能对你保证什么哦。"我冲轻云笑了笑，吃了一口"五饼二鱼"。

回到住处，我跑到冷小星跟前，把他从漫画世界里惊醒，对他说："冷小星，我要去教会啦！"

冷小星"啊"了一下，赶紧爬起来问我是怎么回事。

我把抄在纸上的那一句"我所赐的水要在他里头成为泉源，直涌到永生"拿给他看，并且给他讲了轻云对我说的话。

"可是我看到这些话没有什么感觉呢。"我对冷小星说。

"没有感觉吗?"冷小星一脸惊异,"你不是超级性感……哦不是,是超级感性的人吗?怎么会对这个没感觉?我刚才看到这句话超有感觉的。"

"是什么感觉?"

"觉得心里麻麻酥酥的,好像真的涌进一股清泉。"

"呃,听起来好恶心……"不过我还是感到十分羞愧,自己的感受力居然还没有冰人冷小星强,这的确出人意料,不禁随口说:"既然你感受力这么好,不如跟我一起去教会吧。"

"好啊。"冷小星爽快地答应了,然后继续回到他的漫画世界中去了。过了一会儿,他又像想起来什么似的说:"你不会是想当基督徒吧?"我回答他:"我目前只是想把基督教当成一种哲学和文化去了解,毕竟也是世界三大宗教之一嘛。我是一个崇尚真理的人,不是一个迷信的人,你放心好了。"冷小星抓抓头,被我慷慨严肃的语气逗笑了,说:"其实我也就是随口一问。没准我后来变成基督徒呢。"我点点头,表示很满意。

就这样,我们决定下个星期天,一起去教会一探究竟。

2. 隐形的生活

北京这个地方很大,所以在这里可以遇到形形色色的人,形形色色的事。这是个复杂又混乱的城市，也因此它似乎有惊人的包容性。三环内既有高楼大厦、水泥森林，也有属于旧时代的胡同小巷；三环开外，是新的城市中心和不同档次的住宅小区。这里有政商精英、有文化名人、有白领、有小资、有城市极速发展中每天挣扎着快乐的主流人群。

可是，在任何地方都有一些隐秘的场所、隐秘的人。他们为人所不知，隐藏在城市中，做着一般人不会了解的事。他们有自己的追求，有自己心里的一杆秤、自己的神。若你在北京生活多年，也许知道798、后海，甚至知道朗园 vintage，知道宋庄画家村，知道北京有多少老牌烤鸭店，知道哪里的铜锅涮肉最地道，但是你大概对胡同文化保护的事情不甚了解，对救助流浪狗流浪猫的民间组织感觉摸不着头脑，这是因为它们都是隐藏在生活另一面的东西，然而它们实实在在地在那里。家庭教会就是这样一种存在。

轻云所在的家庭教会在天通苑地区。她自己其实不住在那里，但她喜欢这个教会，因为这里的人待人热情，彼此的交流很多，所以她愿意每个周末穿越大半个北京城来这里做礼拜，甚至参加了服侍小组做引导服务工作。为此她付出的是每个周末不能享受充足睡眠的代价。我对于她周末还能坚持早上6点就起床的毅力感到十分惊讶。

礼拜开始了，我和冷小星抱着好奇的心情和大家一起参加仪式，可整个过程却让我们有些难以适应。很多教徒非常大声地进行祷告，仪式显得有些嘈杂。而且面对身边教徒的祷告，我和冷小星都显得有些无所适从，特别是冷小星，他简直忍受不了。我能感到他有些坐立不安，不过好在他坚持了下来，没有中途离开。礼拜结束后，教会在中午会准备午餐供大家食用。午餐很简单，一般是米饭配三个菜，菜都很素，偶尔有些肉末的踪迹，但吃饭的大堂里熙熙攘攘，一派热闹景象，因为大家都在互相说着话。

我和冷小星是新来的，所以被请到了接待新人的地方，接待我们的是一个叫王璐的中年姊妹。她说话有一种轻微的湖南腔，有时候很温柔，有时候又掷地有声。轻云也陪伴我们坐在旁边。大家一边吃饭，一边聊。

王璐姐问我们："你们俩为什么来到教会啊？"

冷小星指指我说："她有病。"

大家哄然大笑。我白了他一眼，在心里骂他："你才有病呢。"然后对王璐姐不好意思地笑笑，说："我最近确实身体有点儿不舒服，心情也比较抑郁。我朋友轻云介绍我来教会，说也许能从这边得到一些启示和力量。"

王璐姐点头笑笑，表示了解了情况，进而介绍起宗教思想与我们平日思想的不同：

"我们从小学习以及接受的，是西方思想中由达尔文进化论所衍生的一系列观念：我们相信'理性'，认为通过归纳、演绎可以知晓世界上的一切规则。因此我们相信自己的眼、自己的大脑，相信自己的行动和能力。我们相信只要有足够的时间去学习和总结，我们就能更好地利用和适应一切，向着更好的方向变化。但宗教的世界观，对我们习以为常的世界却有着截然不同的说明，同我们平时所思、所想、所见的世界很不一样。"

"你们愿意继续了解基督教吗？如果愿意我们就来做一个决志祷告吧。"王璐姐介绍完之后问我们。

"嗯……"我支支吾吾。

"这个……"冷小星不置可否。

我知道冷小星在想什么，他一定跟我想的一样，觉得这场景好像是要让我们加入什么莫名组织一样，而我们对它还完全不了解，有点怕上贼船的感觉。

"我们对基督教还不是特别了解，还不能确定自己有这样的信仰。"冷小星终于说出心里话。

"决志祷告只是说明你们愿意继续了解基督教和上帝的真义。真要成为基督徒，还必须学习很多才行。"轻云在旁边解释给我们听。

听了轻云的话，我才稍稍放下心来。但冷小星给我递了个眼神，我知道他还是不愿意。我很为难，一方面我能理解冷小星的心情，对教会的氛围我也不是很喜欢，感觉对人的信仰有点儿强迫，毕竟我们第一次来，根本没到"决志"的程度，在我的心里，我更喜欢回去先读读《圣经》，了解基督教的思维逻辑，然后再判断是否有道理，再决定是否要做决志祷告，这种渐进的方式更能让我接受；但另一方面，我又觉得做"决志祷告"也无不可，而且似乎做一个这样的仪式，从感觉上来说更容易监督自己去认真了解基督教的观念、思维和文化背景。

虽说我一开始是抱着拯救自己的信念来的，但我更想知道的却是真理性的东西：这个世界到底存不存在超自然的力量？如果有，是一个什么样的存在？而世界又究竟是以一个什么样的规则在运转？在这一系列的运转之中，我的生病、抑郁又该如何解释？

在此之前，我一直都觉得这些东西离我很远，但现在所面临的这个难关却让我第一次去思考这些"根本性"的问题。我不喜欢那些因为生一个病就随便信仰一种宗教的案例，这样的做法让我觉得信仰是一件很盲目的事情。我认为信仰不是这样的。所谓信仰，应该是你对真实的相信，是 what I know for sure（我所坚信的）。

盛情难却，我和冷小星最终被大家包围着做了决志祷告，可从教会出来，冷小星立刻翻了脸，嘟嘟起来一副不满的受气包样儿。

"这也太强人所难了！你说为什么要做决志祷告呢？"冷小星向我抱怨。

"这也没什么不好啊，就是告诉上帝你会继续去了解他啊。"我半开玩笑地安慰冷小星。

"什么跟什么呀？可我怎么知道一定有上帝呢？"

"嗯，很多原因啊，王璐姐不是说了嘛，《圣经》的写作时间很早啊，摩西五经的写作时间在公元前 1500 年左右，是人们根据上帝的启示记录下来的。而《圣经》中所说的很多预言后来都被印证了。那个时候的人有什么理由说谎呢？"

"那算什么？你说《圣经》出现得早，那《山海经》出现得更早呢！"

冷小星同学是《山海经》迷，虽然他平时天天看漫画、打游戏，不学无术，但是一提起《山海经》，他立刻像打了鸡血一样，跳起来滔滔不绝能讲一个多小时。

"不过，据我所知，专家们一般认为《山海经》大约成书于战国时期，那没有《圣经》早啊。"

冷小星冷笑两声："哼，你以为你在学校里学的那点儿知识就能说服我吗？我对《山海经》的了解可比一般人多。来，让我给你长长知识吧，女博士。《山海经》成书之前有古图，是先有图后有书的，书是后人根据古图撰写的。你说的只是《山海经》的成书年代，我说的可是《山海经》古图出现的年代。"

好好好，我不得不承认，冷小星确实是专家，我真是自叹不如。

"在《山海经》的古图中，世界上本来只存在着一片大陆。《山海经》里记载了每个地方存在的物种，有很多神奇的异兽。还有，中国很多的神话故事都是出自《山海经》。因此《山海经》比《圣经》还要早啊，怎么《山海经》里没有记载着有上帝呢？"

"嗯……那有可能是因为上帝最早的选民不在东方啊，所以我们的祖先那时候不知道有上帝。"

"怎么可能？你这个崇洋媚外的家伙。照你这种解释方法，什么问题都能讲得通了。"

"那听你的意思，你是觉得这个世界上没有一个超自然的终极存在了？你是无神论者吗？"

"No（不），no，no，我是一个多神论者，所以不大能接受基督教的一神论。我觉得万事万物都有神。在我们家乡，每年会祭拜各种各样的神，过年的时候也会祭拜祖宗。"

"可是在基督教的理论中，貌似并不否认世界上存在着其他的有灵物。只是终极性的神只有上帝一位。"

"我还是觉得各种神的位置不分高下，没有谁驾驭谁或掌管谁的问题。再说了，就算真的是有一个终极的存在，我又怎么知道这个存在就是基督教里的上帝，而不是佛教里的释迦牟尼，不是伊斯兰教里的安拉，不是道教的玉皇大帝呢？你说说看，基督教和佛教你觉得哪个更有道理？你平时不也看了一些佛教知识的书嘛。"

冷小星的问题其实也是我一直在思考的。我的身边既有佛教徒也有基督徒，两个群体里都有我一直尊敬和信任的朋友，我相信他们的判识力，认为他们都不是会盲从的人。但这些被很多人都信奉为真理的宗教，其理论之间是否有相冲突的地方呢？究竟哪个才是终极的真相，还是不存在所谓"终极的真相"？

"据我的了解，佛教的理论和基督教的理论完全不是一个体系呀，根本没办法拿来比较。"

"那你说说看，怎么个不一样？"冷小星歪着脑袋问我。

"在佛教中，生命是一个不断轮回的过程，死亡伴随着的是轮回转世。在基督教里生命则是线性的，有始有终，死亡之后等待我们的是最终的末日审判。佛教认为世界一切皆是虚空和幻象，基督教的世界观则认为世界是上帝创造的实存物质世界。基督教的基本教义是承认自己的有罪和对摆脱罪恶的无能，进而接受被拯救；而佛教的基本教义则认为个人通过持戒、念经、修行等各

在此之前，

我一直都觉得这些东西离我很远，

但现在所面临的这个难关

却让我第一次去思考这些"根本性"的问题。

种形式可以摆脱自己身上幻象的羁绊，从而能够登临彼岸。所以从根本的理论上说是俩系统，怎么比呢？"

"那你说，应该依据什么标准来判断真或不真呢？"

"依据理性和感觉。所以我才觉得你不能这么快就做判断。我觉得应该先回去好好读读《圣经》，了解一下相应的理论比较好。"我表达了自己的观点，并点点头觉得自己说得很有道理。

"哼哼，"冷小星冷笑了两声，继续问我，"那照你这么说，我要是读着《圣经》很有道理，我是不是就应该信仰基督呢？那要是我读着佛经也觉得很有道理怎么办？"

"这……"我一下子回答不上来，因为这种情况确实很有可能发生。

"我跟你说，"冷小星拍拍我的头，一副语重心长的样子，"信仰不是知识性的东西，不是靠你看书就可以获得的。"

"啊？"

"你不明白吗？要不要我给你讲个故事？"

冷小星还会讲故事？我倒是挺有兴趣听的，于是点点头。

"你知道每年大年初一凌晨北京哪里人最多吗？"

"哪里呀？"

"雍和宫呀。都是去排队烧新年第一炷香的人。因为在佛教中，在雍和宫这种重要的庙宇烧新年头香是会积特别大的功德的。所以很多人夜里就去雍和宫门口排队了。但是无论你去多早，都烧不上雍和宫新年的第一炷香。"

"啊，为什么呀？"

"因为香早就被那些当官的人给烧了。人家不走前门，走的是侧门。在雍和宫大门还没正式开门之前，人家已经从侧门进去把香给烧了。"

"啊，怎么会这样……"我看着冷小星，感叹人与人之间的不平等。

"不过这些大官儿还不是最牛的。其实他们烧上的也不是第一炷香。"

我不明所以，大官儿不是最牛的？那还有谁能更牛？

"难道说有钱人更牛？"

"不是。"冷小星摇摇头，露出狡黠的一笑。

"最牛的是雍和宫大年初一值早班的扫地大妈！人家凌晨一来，还没开始扫地，先偷偷把第一炷香烧了，谁又能知道？那些当官的，有钱的，用自己的权与势想要得到的，最终还是输给了平平常常的有心人。"

冷小星平时讲的热笑话都毫无笑点，真没想到他是个冷笑话高手。这笑话讲得我大热天直冒冷汗。

"冷小星，你在这个时候讲这么个冷笑话到底是要表达什么意思啊？"我没太明白他这个笑话和我们刚才谈论到的宗教信仰有什么关系。

"你想啊，那些排队来上香，他们在大街上排着，他们的信仰是人人都能看得到的对吧？而那些从侧门进香的大官儿，他们的信仰一部分人知道但大部分人都看不到。不过，不管是那些排队来上香的人，还是那些走旁门左道的当官儿的，他们都只是把信仰当作一个不在生活中的东西来欣赏、来瞻仰。有的还要花费力气，靠钱靠权来上香。再说那个扫地大妈，她也信佛，可她信佛这件事几乎没人知道也没人在意，因为她的信仰跟她的生活已经融合在一起了，为佛门扫地就是她的工作，是她每天做的事。因此其实她每天都在积功德，没准儿她自己还没意识到。所以信仰成为生活的一部分是最厉害的！所以最后，是扫地大妈而不是别人，能随手就把头香给上了。"

"So？"（所以？）

"So，信仰是你得融入其中去感受的。其实每个人都有自己的信仰，有人的信仰是宗教，有人的信仰是马克思主义，还有人的信仰是某种观念。但只要信仰与生活融在一起，就能获得心灵的力量。你看教会里那些人，他们吃饭也好，做祷告也好，说话也好，唱歌也好，都在通过各种各样的行为获取心灵的力量。所以我觉得你的抑郁和脆弱也许一方面是因为你身体不舒服，思想老想不通，但另一方面是因为你是一个在生活中没有信念的人，所以心力太弱。你得好好修炼你的心力，才能变得强大。这就是我的心得体会。"说完，冷小星做了一个运气下沉要出大招的动作。

"哟，没想到你还能想出这种理论……"我对冷小星如此玄妙的阐释感到很吃惊，甚至怀疑他是个大智若愚的人。

"但是话说回来，你到底相不相信这个世界的背后有一定的法则，并且在这一系列有着法则的运转中，我的这个病是有着某种意义的呢？如果是，那是什么意义呢？"

"我觉得有没有意义、是什么意义还得你自己去感受。有可能是在为你以前犯的错惩罚你，有可能是在警示你今后的道路，有可能是给你的一个机会，有可能是希望你能明白要珍惜生活，究竟是什么，得用你自己的心慢慢去体会。"

冷小星或许说得对，信或不信，要用心去理解。有时候逻辑和理性上都有道理，但总觉得就是差那么一点儿，就看能否感受到。对我来说，也许就是如何用心去体味这份痛苦的经历的问题。

3. 温柔对待自己爱的人

我和冷小星因为信仰的问题发生了争吵。

虽然他原本对我接触宗教持一种开放的态度，但自从他知道《圣经》中有一条言论指明基督教徒不能和非基督徒结合开始，他就总是对我学习《圣经》报以诸多抱怨，因为他觉得自己是个多神论者，不可能成为基督徒。

我懒得理他，觉得他狭隘而胆小，冷小星也气呼呼地戴上他的耳机出了门，我们开始打一场不温不火的冷战。

自从认识到我陷入了抑郁情绪后，我和冷小星双方都有所改变。我不再那么较真儿，他不再那么冷淡。有那么一些时候，我们也会为对方带来快乐，因为一些言语行为而笑得直不起腰来。可我们终究太不一样了。虽然我们都是水瓶座，但冷小星是典型的忽冷忽热的让人抓狂的水瓶男，而我则是部分拥有水瓶女特质（比如带有强烈的精神洁癖），和部分非常不像水瓶女（比如黏人黏到死）的存在。于是乎，冷小星同学忍受不了我在精神上的吹毛求疵和追求完美，我则崩溃于他分分钟都有可能会玩消失不理人的把戏。加之我骨子里有北方女生重情讲理的大女子主义，他则是不懂人情世故的阴柔、骄傲的南方少爷，双方一旦争执起来，每次都是互不相让、两败俱伤——而且受的还是内伤。

有时候想起来真是灰心丧气。想我"半"世英名居然也落得身体不适、感怀不欢的下场，不觉得委屈都难。我知道冷小星同我一样，时不时被我们火星撞地球般的争吵所打击，累得不行，若不是我们俩还算相爱，估计早就坚持不下去了。即便如此，有时候在互相不能理解对方"奇葩"的思维方式的时候，仍然会想：男人与女人为什么要在一起，这种结合究竟有什么意义？既然在一起，为什么还要这么自私？

那段时间我正在焦头烂额地准备我的毕业论文。从欧洲回来我一直陷入生病和抑郁中不能自拔，学业荒废甚多，等到回过神来的时候，离提交论文只剩下两个月的时间了，而我先前又对自己的水平估计过高，选了一个非常难的题目。本来的目标是"旧瓶装新酒"，想把老话题谈出新意来，结果话题没变新，我自己倒是换了一副头面——天天披头散发，穿着睡衣穿梭在各个房间中，一副邋遢相。

我的主战场在客厅，那里光线好，不容易让我打瞌睡，而且有一张巨大的餐桌让我放置五六本写作当中需要用的书。当然，写一篇论文可不是查阅五六本书就能解决的，我前前后后大约会用到百余本参考书，所以基本上每天这五六本"主书"都要换一次。那时我就得从我卧室的小桌子上将今天需要用的书拿过来。卧室的小桌子上放着20本我从学校借回来的参考书，即便如此，书还是不够用的。有的时候，写一个注释就需要翻阅一本书；另外还有大量需要的书是图书馆不能外借的书。所以我隔三岔五就得抱着电脑去学校图书馆待上一天或半天的时间。

即便如此，论文进展还是以"龟速"前进，因为在短短的时间内，把读书的心得转换成合理的逻辑，再将之诉诸语言，这种脑运动量几乎相当于让大脑从早到晚地跑马拉松，而且偶尔还得连夜工作，一宿过后我几乎累得脱了一层皮，不过精神倒是清明空虚的，什么也不想，那时的我估计是最温柔的，因为已经没力气生气或焦虑了。

写论文写累了的时候，我就读《圣经》，或是就阅读《圣经》过程中产生的一些疑问和教会里认识的朋友讨论。周末我去教会参加一个英文查经班，老师是一个叫彼得的英国人。

我觉得与其说我在学习《圣经》，还不如说我在与《圣经》相处，一点儿一点儿加深对它的了解。里面写的话我并不是每一句都能完全明白，我有时觉得那些话带有非常强烈的比喻性、暗示性。不过，在能读懂的部分里，最使我受益的部分就在于基督教完全否认自私和以个人为中心，同时它也否认完全利他和以他人为中心。

我们不能对待他人苛刻，是因为我们同他人一样，本质上都有罪，而且无法自发地从罪恶中解脱出来，既然我们自己做不到没有罪恶，那么别人有罪恶也是正常的，我们没有资格去指责别人的错误，因为我们自己也是每天生活在成堆的错误之中。同时，如果我们的生活重心在别的人身上，我们就会不断地感到失望，因为人都不是完美的，你总是会被辜负。你总是觉得别人有拯救你的能力，这其实是不可能的。

我就是一个对待别人特别苛刻，但实际上生活的重心又全都围绕着别人的人。就像我对待家人，就像我对待冷小星，我总是觉得别人对待我不够公正，不够宽容，不够温柔。妈妈走后我总是觉得别人对我不够好，会伤害到我；我总是觉得自己身上承担了过多的东西；我总是在心底盼望有一个人能来拯救我；我总是不明白为什么别人不能理解我，这让我感到非常痛苦。但我不明白的是，实际上在我埋怨别人不理解我的同时，我也没有尝试去理解别人，或者说，有些东西是别的人——哪怕是与你再亲近的人——都不可能明白的。有些东西就是要自己承担。

我会痛苦，那是因为我要求别人有十全十美的公正、慈爱和对我百分之百的理解力。我会痛苦是因为我没有看到每个人都一样，别人做不到的，其实我自己也同样做不到。

是盲目的自负让我意识不到这些。以前我以为内心强大的表现就是把心肠硬起来，你错了我就一定要指出来让你明白你错了，所以我的情绪总是特别紧张的；但现在我学会了很重要的一件事，就是，内心强大其实是要把心软下来。你错了，没关系，我包容你。你错了是因为你做不到，如果我是一个内心强大的人，我会帮助你去做你做不到的事。

所以再次面对冷小星的种种冷嘲热讽，面对论文创作中的艰难困苦，我尝试换一种思维方式去看待。我尝试平心静气地去解决问题：该看书的时候看书，该休息的时候休息，该熬夜的时候熬夜。虽然身体上会不舒服，但不必焦虑，我告诉自己，这一切都会过去的。而对冷小星，我感到他同我一样，我们都是特别自负的人，因为自负而看不到另外一些值得我们注意的东西。我开诚布公地和他讲，希望他能继续和我一起去了解基督教。原以为他会甩脸子不高兴，做出一副小家子怨妇的嘴脸，没想到他倒是很大方地问我："你真的很想去教会参加活动吗？"

我说："那还用说？"

"那好吧。那你赶紧修改论文，这个周末我陪你去参加礼拜啊。"

"真的吗？"我对冷小星太阳打西边出来的行为觉得难以相信。

"是啊，我再去听听基督教还有什么其他的言论啊。而且前两天我趁你睡觉的时候翻了翻你写论文时看的书，里面有一篇是讲徐志摩和陆小曼的。我突然觉得我就跟徐志摩一样，他遇到陆小曼，我遇到你，估计遇到你、伺候你都是我的命。"

晕，这家伙稍微看了点有文化的书，怎么突然变成了宿命论者了？无论如何，我对他的转变感到十分满意。不管他是因为什么才转变，能和我一起去教会都是好的，当前要务是赶紧完成手头上修改论文的工作，于是我又不得不开始奋发起来。

转眼间到了周日的早上。一大早，冷小星就把我叫起来，两个人简单吃了早点就来到教会参加礼拜。仪式什么的，我们俩都跟了下来，无论周遭环境怎样，我都静下心来去分享和回忆这一周我在生活和学习中的心得体会。

礼拜的最后是常规的牧师布道。今天教会的牧师讲的是爱和婚姻关系。

牧师慷慨激昂地讲了很长时间，没有过于精致的修辞，更多的是平实的大白话，但听得我和冷小星都默然下来。牧师的话让我不禁想起我和冷小星之间的问题。我们是那么的不成熟，互相怨恨和伤害。我嫌他不够体贴、不够关心我，平时吊儿郎当没正形、没计划、没记性，但却忘了他也在努力地按照我的要求改变他从小培养起来的少爷习气，改得也十分辛苦。这个城市对他来说是异乡，他除了要接受成长的蜕变，还要克服一系列的乡愁和环境的突变。他嫌我总是病恹恹不见好转，平日里过于追求完美，搞得人人都很累，不懂温柔不会说甜言蜜语，却忘了我自小受伤难以相信人，却一次又一次抛弃一切来真心爱他。

我们似乎不是不知道彼此的感受和情意，但就是不肯好好去珍惜。明明退一步就可以海阔天空，却一定要争个你死我活，就为那一点点的谁对谁错，谁负谁。

牧师说得对，我们都不是懂得爱的人。真正懂得爱的人，会温柔相待自己深爱的人。

回家的路上，我们在公交车上谁都没有说话，各自想着心事。再过一个多月，我们就要迎来在一起两周年的纪念日，可是最近却像是感情遇到了瓶颈。总是昏天黑地地吵架，即使不吵架也是白白淡淡，两人有一搭无一搭地说话，谁也懒得理谁。为什么我们的日子会过成这样？因为我的病，因为我的抑郁，还是因为什么别的？

我抬起头，看了一眼冷小星，他也正好看着我。我猜他的心事与我的相似。他对我笑笑，我看到他额头有一丝细汗顺着脸颊流了下来。天气太热，我这才发现他最近晒黑了。

冷小星问我："你想不想下车喝汽水，再吃一个鸡蛋灌饼？"我们下车的地方有一家店卖的鸡蛋灌饼非常好吃。

我说"好啊"，于是我们就下车买了鸡蛋灌饼和北冰洋汽水在街边吃喝起来。

灌饼很香，我也很饿，很快便吃完了。冷小星正喝着汽水，看我吃完，便帮我擦擦嘴角，说那里沾了一点儿酱。帮我擦嘴的时候，冷小星突然说："无论如何，不管我们遇到什么情况，不管你是信上帝还是不信，不管你有病还是没病，不管你是喜欢我还是跟我生气，我们都要好好生活、互相鼓励好不好？"

我们互相看着，我庆幸自己在今天前完成了论文的修改，我庆幸冷小星今天愿意陪我来教会。我想关于人生的问题、关于我们之间的爱情，乃至关于生病、关于上帝，顺其自然或许才是最好的。

第四章

跑步与幸福

1. 邂逅村上春树

23 岁之前，别人若问我世界上最伟大的小说是哪一部，我会说是《红楼梦》。别人听到答案，或许大不以为然，觉得我不过是那类无病呻吟、心胸狭窄的文弱女子，这也罢了。倘若有人对这答案不反感，继而问我："那么比较近的当代各路作家中你最喜欢谁?"我则会一下没了主意，可能会皱皱眉，然后非常不好意思地回答："大概没有。"

23 岁以前，我就是这么一个对现世没有了解的人。

直到那年夏天我真正开始读村上春树的作品。

我是水瓶座的人，这个星座的人有个特点，就是总爱"特立独行"，而且天生对大家都喜欢的东西持一种审慎态度，甚至带有轻微的反感。所以在很长一段时间里我都没有去阅读村上春树的作品，因为身边说他写得好的人太多，其中有一些还属于痴迷程度。越是如此，我对阅读村上春树越没兴趣。当然，并不是没有尝试。

在上中学的时候，我曾经自己在王府井新华书店购买过一本他的短篇集《再袭面包店》，可惜的是，我那时大概还不到阅读村上春树的年纪，读罢之后对这样一个作品很"黄"的作家唯有报以"恶心"的评价，从此留下一个不好的印象。

上了大学以后，身边有个很好的朋友酷爱村上春树，每隔一段时间就要拿出《挪威的森林》看一遍，书页都被她翻黄了。我当时对她的这个爱好非常不屑，有次认真问她："世上这么多作家，何以偏偏喜欢村上春树呢？"她答道："说不好到底好在哪里，大概是颇符合现在的心境。再说村上春树的作品写得相当深沉感人。"听她这么说，我随手取过她正在重读的《挪威的森林》，想看看到底是怎么个深沉法。结果看到的却是这个：

> 她在我怀中浑身发抖，不出声地抽泣着。泪水和呼出的热气弄湿了我的衬衣，并且很快湿透了。直子的十指在我背上摸来摸去，仿佛在搜寻曾经在那里存在过的某种珍贵之物。我左手支撑直子的身体，右手抚摸着她直而柔软的头发，如此长久地等待着直子止住哭泣。然而她却哭个不停。

我对这个叫"直子"的女孩没完没了又莫名其妙的哭泣感到厌烦，觉得她有些神经质。再往下看，便是经典的直子与渡边的"初夜"描写。我便更加不怀好意地认为村上春树不过是博取青春期少年喜欢的伤感黄色二流作家。

我合上书，问身边的朋友："这个叫直子的女孩为什么哭？"

"嗯，我也不知道，大概是因为她有心理疾病。"

"她有什么心理疾病？"

"她不知道怎么得了性冷淡。"

"别嫌我说话直，你喜欢的就是这么一个性冷淡的玩意儿？"我露出一副难以置信的表情。

"呃……"朋友面露难色，大概是不知道如何向我解释，"村上春树的小说不能如此现实地去解释吧。"

"可无论如何，这些情节也实在有点儿无厘头。"

"或许是吧。"朋友不置可否，没有再回答我的话。

后来朋友在我参加的文学社读书会上讲过一次《挪威的森林》，她认为整本书充满了隐喻的意味，是在讲人与人之间交流和沟通的隔膜。我因为没有读过这本书，所以听得云里雾里，不过对她所讲的理论倒颇感兴趣。

我第一次好好读村上春树的作品是在研究生一年级时去湖南凤凰的火车上。

那次我临时想去凤凰，没有买到直达的票，只能先从北京坐火车到长沙，再从长沙换乘去吉首的火车，到了吉首后再坐一个小时的大巴才能到。从北京到长沙的火车上我看了一路周作人，他那絮絮叨叨又晦涩的语言伴随着火车上十几个小时的晃晃荡荡，让我感到一阵眩晕恶心。凌晨 4 点我到达长沙，在火车站门口的麦当劳吃东西并等候下一趟列车。接近 7 点的时候我终于登上开往吉首的列车。天气晴朗，日光充足，窗外一排排的树林、田园不断地闪过，满眼绿意，一派南方的风光。此时我实在无法再拿出过于深奥的书来看——乘火车看周作人实在不是明智之举。

我打开背包想拿点零食出来吃，却意外地发现书包里有一本好朋友落下的村上春树的小说，《舞！舞！舞！》，好奇怪的书名，一定是朋友上次放在我书包里忘了拿出来的。无奈此时身上没带任何其他消遣类书籍，这本好歹是小说，倒是可以看一看。我抱着这样的心态准备读一读这书，同时想起朋友往常跟我说的话："你总有一天会发现他的好处。"

我为什么突然要到凤凰去，说起来那原因大概不能称其为原因。

读研究生的时候我本打算毕业之后去美国留学再读个博士，一直为此努力来着。我原来的英语基础非常一般，而且很不喜欢学语言，但为了留学，也苦命地学了一阵。每天都要花几个小时背单词，再花几个小时练听力。从带有美国口音也好、英国口音也好、澳洲口音也好的男男女女口中听出他们在讲什么，内容无外乎谈论学习或课程，再不然就是生物学、建筑学、心理学等形形色色的英文讲座。我有时无聊起来就一句一句地把那些话听写下来，听不懂就反复听，真是毫无意义的机械性劳动。不过这世上什么都不是白来的，这点我还明了，所以也就坚持了下来。

就这么学啊学，后来英语总算有了些起色，我便利用寒假的时间申请了一个去美国哥伦比亚大学参加学术会议的机会，也想顺便看看纽约到底是什么样子。我还记得我坐了 17 个小时的飞机到达纽约拉瓜迪亚机场，上了出租车之后的心情。那时纽约虽然刚刚下完大雪，到处都是积雪，街道甚至显得有些脏，但我仍然抑制不住自己激动的心情，心想我终于来到纽约了。此后几天的游玩还算顺利，我去了每年都发生跳河自杀案的布鲁克林大桥、坐船上了自由女神像所在的小岛、在中央公园里散步、在大都会博物馆和现代艺术博物馆里拼命记笔记，还买了一张莫奈《睡莲》的彩印挂画，但之后在哥伦比亚大学举行的学术会议却让人难有好心情。在结束时的晚宴上，哥伦比亚大学的中国学生纷纷告诫我，在美国读东亚研究的博士前景并不乐观，毕业的时候很有可能面临失业，令我大失所望。

回国之后，我前思后想，决定放弃出国留学。不用再每天大量地学英语了，时间一下子空闲下来，我却感到非常失落。当然，纽约之行也使我感到无论在哪里生活似乎也难以逃脱无聊和平庸的命运。我想到我今后的生活：毕业，找工作，结婚生子，感到一种窒息般的无奈。我就是在这样的背景下踏上去凤凰的列车，想去那里透透气。

翻开《舞！舞！舞！》的时候，我的心里一凛，旋即被其吸引。这篇小说的开头是这样的：

1983 年 3 月

我总是梦见海豚宾馆。

105

而且总是栖身其中。就是说，我是作为某种持续状态栖身其中的。梦境显然提示了这种持续性。海豚宾馆在梦中呈畸形，细细长长。由于过细过长，看起来更像是个带有顶棚的长桥。桥的这一端始于太古，另一端绵绵伸向宇宙的终极。我便是在这里栖身。有人在此流泪，为我流泪。

旅馆本身包容着我。我可以明显地感觉出它的心跳和体温。梦中的我，已融为旅馆的一部分。

从这个开头中，我能感受到一种沉静，而且不是一般的沉静，是非常悲伤的沉静、寒冷的沉静。小说的故事情节我现在已经不大能记清了，奇怪的是，这特殊的沉静感却如同刻在心里一般，久久不忘。

总而言之一句话，在那趟从长沙到吉首的火车上，这本《舞！舞！舞！》的小说温暖了我。而且这种温暖不只是温暖了当时的我，还温暖了此前很多年的我，并让我一下子对村上春树彻底改观。

《舞！舞！舞！》小说的主人公是一个为杂志撰稿的自由职业者。他说自己的工作"同收垃圾、扫积雪是一回事，总得有人干，愿意也罢，不愿意也罢"。那时我突然领悟到，其实人生也是如此，当然无聊难耐，可总得活着，总得做做这又做做那，愿意也罢，不愿意也罢。我后来又读了很多村上春树的小说，看了很多人对他的评论，但还是林少华说的最能把握住村上春树小说最打动人心的地方——它提供了一种生活模式，一种人生态度，那就是："把玩孤独，把玩无奈。较之孤独与无奈本身，村上春树所诉求的似乎更是对待孤独与无奈的态度。"简单来说，我认为村上春树承认人生孤独的本质，却不怕它，但也不克服它。孤独来了，听之任之；虚无来了，一样还是听之任之。心里难受的时候便喝酒睡觉，似乎这样人世间的冷酷便能挺一挺就过去。从某种程度上来说，这的确可以说是世间的真理。

当时在火车上，我如饥似渴地读着这本《舞！舞！舞！》，我终于知道朋友为什么喜欢村上春树了。抵达凤凰后，我继续阅读小说，保持这种快感。还没有启程往回返的时候，我便已将小说读完。

后来我又陆续读了《寻羊历险记》《海边的卡夫卡》《世界尽头与冷酷仙境》《且听风吟》《斯普特尼克恋人》及《1Q84》，这其中我最喜欢的是《寻羊历险记》，而唯一一本没能成功读完的村上春树的作品是《1Q84》。此外，我还阅读了村上的许多本短篇集和散文集，不仅喜欢他的小说，也喜欢他所写的一切的东西。大概因为它们共同组成了村上春树自己构筑的一个舒适的精神空间的缘故。

村上春树在我心里从一个二流的青春伤感小说家变成了我的偶像。读得越多，我越发觉得他是一个具有国际水准的作家，甚至超越了很多享誉盛名的作家。尽管如此，我对《挪威的森林》这本书依然感到无法理解。

他开头的感伤、紧接着袭来的压抑使我无法继续阅读下去。

村上春树的大部分小说中的人物都是性格健全、有趣的普通人，唯有《挪威的森林》中的直子是一个特殊的存在。无论怎么想，我依然觉得这个人物过于神经质了。

我就这么着度过了我的23岁、24岁，以及25岁的前边大部分时间。旅行的时候，村上春树的小说简直是佳品。火车上、飞机上，读一本村上春树的书，像喝一杯舒心清爽的啤酒一样令人开心。

可到了生病以后，有好长一段时间，我无法看任何书，因为觉得任何文字对我来说都是无意义的，相对我的痛苦来说都是不值一提的。

而当我稍稍恢复理性和意志力，又能开始读书的时候，我惊奇地发现我可以读《挪威的森林》了。我读着开头直子和渡边谈论那口"井"的部分：那口井那么深，有着"混杂了这世界所有黑暗的一种浓稠的黑暗"，而且没有人知道它的位置，但它一定是在某一个位置的。以前我读到这部分的时候总是难以读下去，觉得不知所云，但这时候再读，我突然想起朋友跟我说的：这是一本充满了隐喻的书。于是我突然明白，这里的井根本不是一口现实当中存在的井，而是生活的残酷在人心里留下的黑暗。这种黑暗可以吞噬人心，让人失去生活的勇气和意志力，让人纵身一跳，再也无法从黑暗当中走出来。

小说中的很多人都没有走出来，木月、直子、初美……不过生活似乎就是如此，如此艰难，你不去战胜它，它便一点点消磨掉你的意志，把你拉入无边无际的黑暗之中。

但我之所以喜欢村上春树也正在于他对生活的这些阴暗总有股韧劲，而且始终与它们保持一种距离。就像渡边在整个阴暗、低沉、令人悲伤的青春期过程中并非没有受过伤，他说：

> 木月死去时，我从他的死学到一件事，而且当作座右铭带在身上，那就是："死不是生的对等，而是潜伏在我们的生之中。"的确那是事实。我们活着，同时在孕育死亡。但那只不过是我们必须学习的真理的一部分。直子的死告诉我这件事。不管拥有怎样的真理，失去所爱的人的悲哀是无法治愈的。无论什么真理、诚实、坚强、温柔都好，都无法治愈那种悲哀。我们唯一能做到的，就是从这片悲哀中挣脱出来，并从中领悟某种哲理。而领悟后的任何哲理，在继之而来的意外悲哀面前，又是那样的软弱无力。

> 人生的凄凉与无奈表露无遗。可渡边还是要活下去，或者说不得不活下去。他说：喂，木月！我和你不同，我决心活下去，而且要力所能及地好好活下去。你想必很痛苦，但我也不轻松，不骗你。这也是你留下直子死去造成的！但我绝不抛弃她，因为我喜欢她，我比她顽强，并将变得愈发顽强，变得成熟，变成大人——此外我别无选择。这以前我本想如果可能永远17、18才好，

但现在我不那样想。我已不是十几岁的少年，我已感到自己肩上的责任。喂，木月，我已不再是同你在一起时的我，我已经20岁了！我必须为我的继续生存付出相应的代价！

尽管如此，可直子还是死了。直子掉进了无边的"井"里，但渡边、绿子、玲子却活了下来，而且还得继续活下去。小说的结尾，渡边在车站送玲子上车并且吻了她。这个吻代表的不是男女之爱，而是艰难地生活的人对彼此的鼓励。

《挪威的森林》教会我，人在世上活着必要经受痛苦、黑暗，但仍然要活下去，并使自己尽量活得开心。渡边边吻玲子边说："我已不再顾忌。我们是在活着，我们必须考虑的事只能是如何活下去。"

村上春树就是这样一种存在。大学时我很喜欢的一位老师说现在小资的代名词就是"村上春树"、"米兰·昆德拉"，如果说阅读村上春树就是小资，那我情愿承认自己小资，因为它的确揭示了人生的本质问题并提供了解决方法。

所以如果说，哪位作家在我抵抗抑郁症的过程中帮助我最多，那无疑是村上春树。当然，他对我的帮助不仅仅在于精神层面，还在行动层面。因为村上春树不仅是一位出色的小说家，更是一个坚忍的运动健将。向他学习不仅让我获得思想的力量，更让我爱上了一种运动——跑步。

村上春树非常喜爱美国小说家雷蒙德·卡佛，2007年他撰写了《当我谈跑步时我在谈些什么》来向这位过早离开人世的作家的代表作《当我们谈论爱情时我们在谈论什么》致敬。

2. 大森林

在对抗抑郁症的诸多方法里边，有一类属于行动派方法，就是说你去做一些事情会对克服抑郁很有帮助。比如心理学家研究认为，冥想这种行为可以改变人们的思维回路，从而让人的思维方式向好的方向发展。而就我自己而言，我选择的行为方法则是跑步——一种既常见又特殊的运动。

以前在学校上学的时候，我也有练习跑步的习惯。我每周会去两次学校里的健身房。健身房设在地下，虽然空气不是特别好，但会员费相当便宜，对于当时还是学生的我来说，已经算是"奢侈的享受"了。

每次去的时候都是这样安排的：先跑步 20 分钟，接下来再在其他的运动机上运动 10 分钟，再接下来是上瑜伽课，然后洗澡离开。

在各种练习课中，我偏爱瑜伽，到现在仍然如此，喜欢伸展和抻拉自己，喜欢做到极限时的忍耐。我是天生筋骨比较硬的人，十几岁的时候第一次跟家人去体验瑜伽课，就发现自己比 20 多岁的人还要硬好多。大概我的身体也同我的性格一样，缺少迂回。不过自从身体不舒服以来，由于腰部和腹部的不适，练习瑜伽对我来说似乎显得有些艰难，至少对某一阶段的我来说是这样，于是我开始寻找新的运动方式。一方面是为了减肥，另一方面也是为了疏导不断处于烦恼而跳脱不出来的情绪。

此前我对于跑步总是怀着敬畏的心情。尽管我上小学的时候曾经在学校的田径队练过两年，但那时候纯粹是胡乱玩耍，出于自己的爱好。待上大学的时候再跑，发现跑步对成人来说真不是一件轻松事。每次在跑步机上跑到 20 多分钟的时候，我便到了极限，说什么也坚持不下来，岔气什么的也接二连三地找上来，身体便越加吃不消。所以我每次只能跑 20 分钟，就得去做其他的运动。

那时候我对门宿舍住着一个喜欢长跑的女生，每年都去参加马拉松比赛，跑的大概是 10 公里那种短途项目。但我那时对于马拉松的各类项目不甚了解，单单被"马拉松"这三个字唬住，觉得："天啊，她能跑马拉松该是有多能跑啊！"

和这位同学相比，我甚至都不好意思说自己平时也练跑步。对我来说，连续跑个 10 公里简直是不可想象的，很难相信身体能够承受。

但看过村上春树的书之后，我对跑步这项运动有了新的了解。

村上春树说，作为一个作家需要有一种能够享受孤绝的特点，但这种特点同时是一把"双刃剑"，"回护人的心灵，也细微却不间歇地损伤心灵的内壁"。又说："这种危险，我们大概有所体味，心知肚明。唯其如此，我才必须不间断地、物理性地运动身体，有时甚至穷尽体力，来排除身体内部负荷的孤绝感。"

这样看来，跑步这项运动似乎是把体内的精神毒素排出来的一种绝佳方式。

村上春树又说："当受到某人无缘无故（至少我看来是如此）的非难时，抑或觉得能得到某人的接受却未必如此时，我总是比平日跑得更远一些。跑长于平日的距离，让肉体更多地消耗一些，好重新认识自己乃是能力有限的软弱人类——从最深处物理性地认识。并且，跑的距离长于平日，便是强化了自己的肉体，哪怕是一点点。发怒的话，就将那份怒气冲着自己发好了；感到懊恼的话，就用那份懊恼来磨炼自己好了。我便是如此思考的。"

他所说的这些跑步的好处真是太合抑郁人群的心意了。抑郁的我们总是找不到心灵发泄的出口，同时饱受孤独和不被理解的困扰。而村上春树提供了一种不必伤害他人也能自我救赎的方式，正像他说的"发怒的话，就将那份怒气冲着自己发好了，感到懊恼的话，就用那份懊恼来磨炼自己好了"。看到这句话，我突然觉得跑步是一种多么有良心和健康的运动，这么看来，应该人人都去跑步，那社会也许会比现在清明太平得多。

下定决心之后，剩下的就是技术性的问题了。村上春树在书中写，他每天跑10公里，每周跑6天，也就是每周跑60公里。可对我来说跑3公里都是大问题，怎么办呢？后来经过研究，我终于发现了长跑的诀窍，那就是：跑得慢。

对，诀窍就是跑得慢，不要追求速度。以10分钟一公里的速度进行长跑，就会发现耐力比以前明显增强了，这样跑半个小时差不多能跑3公里，我便以3公里为基础开始了长跑的练习。最初几次是在住的地方附近进行。每天冷小星还在睡懒觉的时候，我便咬咬牙起床，绕着小区跑半个小时左右。几次跑下来竟然发现也不是很累，并且还有"继续跑大概也可以"的想法。

于是我找冷小星谈了谈，表达了想通过好好跑步来协助治疗抑郁的想法。

"而且我也实在太胖了些。"我补充说道。

"没事，我不嫌你胖。"冷小星笑嘻嘻地回答我。

我没好气地回答："好吧，是我自己嫌弃自己。"接着又说，"不过你得帮助我！"

"唉，"冷小星撇撇嘴，"我就知道没好事。怎么帮你啊？"

我嘿嘿笑道："你每周末得陪我一起跑步。"

"不要了吧……"对于"宅人"冷小星来说，这无疑是晴天霹雳，吓得他一下翻倒在床，不停地扭动，"我……我不太喜欢有氧运动，我在家举举哑铃就行啦。"

"不行！"我早就知道他会这么说，所以已经准备好了撒手锏。

"你不觉得你也应该好好锻炼锻炼吗？再这么下去不行的。"

"我又不像你似的，天天不舒服。"冷小星如此回答。

哼哼，这是要逼我放狠话吧？

我笑眯眯地看着冷小星，十分自然、毫不做作、天真无辜地揭露了一个现实：

"可是，你再不跟我一起减肥就会变成大胖子啦。"

我一下子戳中了冷小星的心，他下意识地捂着胸口心脏的位置支吾："我……我……"

"别忘了你原来只有 120 斤，现在已经快 150 啦，"我心里冷笑，又补充道，"胖球仔!"

冷小星被我彻底打败，"痛哭流涕"地答应一定要好好锻炼减肥。技术准备完毕，同伴准备完毕，至于装备，我和冷小星从网上买来宽松的运动裤和低端跑步鞋，我的是浅粉色的，他的是深紫色的，色系差不多，勉强能凑成情侣鞋，我俩觉得挺美。而场地，我们选择了据说是北京最高端、专业的全民运动基地——被称为"跑步者天堂"的奥林匹克森林公园（简称奥森公园）!

第一次去奥森公园，"宅人"冷小星大开眼界，说："这里真不错呀，你看有好多树。"走了几步又惊呼："哎呀，这里还能骑双人自行车呀!"

我像哄孩子一般拉着他往前走，并且提醒他："咱们一会儿再玩那个，先把主要的事做了，咱们先跑步吧!"

冷小星不情愿地跟我在奥森公园专业跑道的起点处做了热身操，接着跟我一起跑起来。我第一次尝试跑精确的 5 公里（奥森公园铺有 3、5、10 公里的专业跑道），特意把速度放慢，可是冷小星一边跟着我跑一边埋怨："哎呀，你跑得也太慢了!"

我一边慢跑，调整气息，一边给他解释："跑得太快后面会没有耐力的。"

"可你这也太慢了，跟走路差不多。"

"你要是觉得我跑得慢，可以往前跑，不用等我。"

冷小星点点头，于是大步伐地跑到前边去了。我则默默地跟在后边。

跑到 1.5 公里处，身体还没有特别困难或疲劳的感觉。冷小星和我的距离逐渐拉大，跑道两侧的风景也逐渐变得没有那么热闹，而被静静的湖泊和荒凉的树林取代，好在跑道上有许多跑步的人，运动的氛围并没有因此减弱。

　　我一边继续跑着，一边望向冷小星的方向，他已与我拉开差不多 200 米的距离，转过一个弯道之后，我便看不到他。一开始我还努力跟从，心想总不能落下太远，好歹两个人一起开始跑得一起结束吧，后来看不到冷小星，我索性也就不追他了，决定还是按照自己习惯的节奏来，自己跑得舒服就行。不过也不禁感慨，身体好就是不一样，冷小星平时从来都不锻炼也能跑得比我快呀！不禁对他刮目相看。

　　我按照自己的速度和节奏跑着，尽量保持均匀的速度，保持呼吸的畅通。可我发现在奥森公园跑步距离似乎要比我预想的更远：跑到 2 公里的时候我感到有点惊讶，因为从身体的反应来看很像平时已经跑到 3 公里的感受，看样子要比平时有更大的决心和耐力才行。

　　跑到 3 公里时，人渐渐又多起来。那里有一个上坡，跑起来有些吃力，而我的身体也逐渐逼近极限。这时我远远地看到冷小星跑在前边，看起来跑得也很累。我调整呼吸，告诉自己，只要坚持去跑，一会儿就可以跨越这次极限，之后身体就会适应更多的距离，变得舒服起来，这是跑步的规律。于是我加深呼吸，将步伐变大同时也变得更慢。虽然仍然不舒服，但至少可以逐渐忍受了。

我超过了身旁一起奔跑的伙伴——有些人因为身体不适大幅度地放慢了速度。我和冷小星的距离也逐渐缩短，看来他也到了身体的极限位置。我本想从后面跑到他身边，给他来个惊喜，可在我距离他仅仅几步之遥的时候，他忽然停下来，在路边弯着腰呼呼地喘气。他放弃了跑步，我则轻松地超越了他，并向他报以胜利的微笑，嘿嘿。

超过冷小星之后，我本以为他过一会儿会追上来，可又跑了 1 公里他还是没有出现，回头望望也没有发现他的身影。此时我的第一个极限带来的不适感还没有完全消除，却又迎来了第二次极限。这次的反应是胃十分剧烈地疼起来。之所以出现这种反应，大概也跟我自己胃不好、气血不够畅通有关，好在疼痛尚可承受。我再一次放慢脚步、加深呼吸、跟随自己身体的摆动。

4 公里到 4.5 公里处有个下坡，跑起来比较舒爽，没想到跑过之后很快就越过了 4.5 公里的标志，只剩下最后的 500 米。我一鼓作气，没再管什么胃疼不疼、身体舒服不舒服，加速跑起来，准备来个冲刺。加速之后我尽量保持，同时心里鼓励自己：再怎么不舒服，反正这一切很快就要结束了。这么着我终于坚持跑过了 5 公里大关，算是绕着奥森公园跑了一整圈。

跑完之后我在入口处的小广场来回走了几圈，一边做伸展运动一边等着冷小星。之后我到跑道起点处的准备区域压腿，此时冷小星还没回来。我一边压腿一边和在旁边一同压腿的专业跑步人士聊了起来。

专业人士是一个小队，大家一起跑步，听他们说他们每周来跑 2~3 次，每次跑 20 公里。我说："哇，你们好厉害！我跑了 5 公里就已经累得不行了。"旁边一个穿着超紧身运动短裤的大姐跟我说："我也是菜鸟，每次只能跑 10 公里，而且跑得非常慢。我跑 10 公里的时间他们都跑完 20 公里了。不过只要坚持，慢慢地就能跑下来了，也不像以前那么累了。"我听大姐这么说，也有了信心，心想将来等我把 5 公里跑熟练了，也可以逐渐尝试跑 10 公里呢。

大家聊得很开心，我压腿也压得十分勤奋。可到这时候，冷小星还没跑回来，我渐渐有点担心。大概又过了差不多 10 分钟，我才远远看到冷小星从跑道处晃晃荡荡地走来。看见我之后，冷小星说的第一句话是："这个公园真大，我迷路了。"第二句话是："你真能跑！我跑得都快死了。"对他说的第二句话，我表示很满意也很自豪，顺便嘲笑了一下他的耐力不足。

接下来，为了庆祝我们俩跑步顺利完成，我们到附近的一家麦当劳喝饮料，并在露台上吹风。之后的下午我和冷小星回家睡了一大觉，两人都腰酸背疼腿抽筋。

不过，到了第二个周末，俩人还是从床上爬起来又去了奥森公园。

就这么着，我们基本上每周末都去奥森公园跑一次步。奥森公园的魅力在于它景色丰富，跑起来不会觉得单调。而且公园铺有标识清楚的跑道，不必担心距离的问题，不用去管时间，尽管跑下去就好了。有时候跑完步，我和冷小星会去旁边的新奥广场大吃一顿或看场电影，或去天虹大超市进行采购。这完全可以当成周末娱乐的一个不错选择。

后来我基本上每周都可以完成 5 公里，而冷小星也逐渐适应了 3 公里的距离，剩下的 2 公里他基本就散步。几个月下来，虽然身体还是不适，不过我连跑步带按摩，轻轻松松减下了 10 斤的重量，重回瘦子的队伍。而冷小星同学不幸地一点儿都没减下来……更重要的则是，通过运动，我找回了对自己能力的一些信心，觉得自己似乎也可以完成一些事情了。

村上春树曾经说过，长期跑步的人大概都不是为了长寿，他们是那种追求"既然活着就应该活得好"的人，是希望"在自己力所能及的范围之内，尽力挖掘自己的潜能"的人。村上春树认为这是"跑步的真谛"，也是"生活本质的隐喻"。从某种程度上来说，为了抵抗抑郁而开始跑步的我，也渐渐理解了他说的话。

3. 爱情心理学

有人说爱情是一场两个人的战争，比的是谁的心理强大。你的心若先沦陷、付出比对方多，那就是败局已定，坐等苦果。此言得之，对于两个水瓶座人士的爱情来说尤其如此。遗憾的是，战争未开始我便已经为对方倾了国又倾了城，未先发声便已输了一程了。

也有人问我，你已得到心上人，为何还如此苦不堪言？殊不知想得到而得不到是一种苦，得到了之后天天患得患失是一种苦，

而两人若是风马牛不相及、三观不同还都是死磕到底的性格那更是另一种难以言表的苦。

冷小星同学是那种外表温和、内心冷漠的人。换句话说，他虽然日日与我待在一起，但内心却重重设防。虽然他表面上笑嘻嘻的，但心里想什么绝对不会跟别的人讲，平日也不会主动展现温情的一面。我有时问他："你对人生怎么看？"

冷小星闭上眼睛，露出一副陶醉的表情："我小时候常常坐在我家的阳台上晒太阳，或是听窗外下雨的声音，我就感觉吸进去的空气非常凉爽清新，我觉得那就是我的世界。而你们北京乱糟糟的。"

"噗……"对他略显矫情的理想主义我只能报以嗤笑。

我问他："你可知这个世界上有许多苦难？"

他回答："那些不过是你们所想象的，是你们把事情想得过于复杂了。"

我摇摇头，不再说话。对于一个不知痛苦为何物也不愿意去了解苦难的人，你还能对他说什么呢？

冷小星还有一种价值观，他认为金钱和高科技可以解决一切问题。冷小星是个极端自负的人，他的梦想是用高科技造一座城。也就是说，在他心里，他想自己造一个世界然后成为那个世界的王。而我非常厌恶这种没来由的自负和骄傲，我也非常讨厌用什么高科技来取代自然的事物。在这方面，我是彻头彻尾的自然主义者。

有人说爱情是一场两个人的战争，

比的是谁的心理强大。

你的心若先沦陷、付出比对方多，

那就是败局已定，坐等苦果。

除此之外，冷小星还是个未来主义者，这也与我不同，举个例子，比如：

对于我自己的抑郁问题，我认为如果现在无法解决身体不舒服的情况，其他无论是什么，都很难发展下去。可冷小星不这么想。相对于现在而言，冷小星更看重未来，说什么也不能为了现在的问题而放弃对未来发展的追求。所以，当现实和将来的利益发生严重的冲突时，冷小星的办法，也是绝招——拖延！

我说哎呀我好难受，冷小星说："哦。"

我说我想去看医生，冷小星说："那你就去看吧。"

我说我找不到合适的医生，你能陪我去吗？冷小星说："可是我公司有事情耶。"

我说那我找到医生你能陪我去吗？冷小星说："呃……要不你先别去看病了，试试食疗食补？"

于是乎，我本身就难受得死去活来，现在更是被气得半死。

有时候我觉得冷小星就像是《外星邻居》①里的那些外星伙伴，披着人皮，但内里是绿油油、长着秃脑袋、冷漠、毫无人性的外星人，因为他实在是不懂人情世故。每次和我家人吃饭，冷小星必然会因为挑选衣服和弄头发而迟到，我则穿着鞋、背着包，坐在门口的椅子上冷眼等他。好不容易到了约好的饭店，冷小星

---

① 《外星邻居》是一部生活类爆笑美剧，讲述了在一个叫作秘丘的社区当中，一个普通的美国家庭和他们的外星邻居的故事。——编者注

便开始埋头吃饭，连跟其他人寒暄一下都没有，每次还得我80多岁的爷爷、奶奶讪讪地找话题来说。每当这时候我就想指着冷小星大骂："你以为你是谁啊！"

生活总是与想象的不一样，的确如此。所以在实际当中，真正常常指着对方大骂"你以为你是谁啊"的人反而不是我，而是冷小星……估计在他心中，我同样是一个类似外星异类的吊诡存在。两个人不合的话，肯定得有一个人懂得妥协和包容，无奈我俩都不是这种人。种种不合和矛盾，最终迎来了大爆发！

我还记得那天我早早吃完了食之无味的晚饭：用青菜煮的汤（天知道我一个北方人的胃用了多久才适应他们南方人饭前先来一大碗汤的习惯，最初的几个月我几乎天天胃痛！），用油煎的鱼，用生抽做的肉（不知道是什么肉，不过无论是什么肉，反正都是这个做法）以及每天都吃的清炒的（并且是炒烂了的）同一种蔬菜。冷小星来自神奇的海南，海南地区物产丰富，但是直接导致了一个问题就是海南人完全不会调味，因为在海南，人们只要把从海里打捞上来的鱼煮一煮、煎一煎就可以了。所以冷小星家的菜大概一共就那十几样，反反复复吃。

最开始的时候我还有意识说每天吃的东西都差不多吃得我快不行了，但是到后来我已经没有感觉了。反正就是食之无味，因为一旦用北方人讲究味道的舌头去评判，这饭就吃不下去了，索性麻痹自己的舌头好了。

吃完这顿饭之后，我像往常一样胃胀气不舒服，我在冷小星家里走来走去，想找一个稍微舒服一点儿的地方待一会儿，结果发现一个舒服的地方都没有：冷小星家的餐椅是木头的，而且和餐桌的高度配合得一点儿都不好，无法长时间坐着；他家没有正式的沙发，看着像沙发的那一排东西实际上是一张沙发布包着的椅子，又硬又小，外面包着的沙发布是彩虹色的，说是给幼儿园小朋友坐的绝对有人相信；这也就罢了，好在冷小星家有软椅子，可惜而又在意料之中的是，椅子的靠背十分后倾，无法托住坐在上面的人的腰和后背，设计十分不符合科学原理；最后，冷小星家的床没有床头，无法放着靠垫靠在上面。这直接导致我经常在冷小星家躺着，因为真的没别的地方可以待。一个人长期躺着，就算不得半身瘫痪，估计整个身体也不怎么好使了，这就是我的现状。

有时候我想设计这房间摆设的人到底是要考验谁啊？莫非以前的人为了锻炼自己不屈不挠、为国效力的品质都要在家里弄这些东西来锻炼自己的意志不成？

我百思不得其解又感到苦不堪言。作为一个20多岁的姑娘，腰僵得还不如上了年纪的老头、老太太这合适吗？每次蹲下去再起来膝盖都咯吱咯吱响这合适吗？想到这里，我大声把正在另一个房间玩 X - box（一种游戏机）的冷小星叫过来。

"哎，你快来一起玩，我新买的这个游戏画面感真是太好了，让人想死的心都有。"

我直接打断这种每天都出现的没有意义的话题："那个啥，我难受了，可是你家连个舒服的地方都没有。"

"啊？你要是难受就在床上躺着休息啊。"

"我已经躺了一天了，躺得我浑身疼。"

"那要不你来客厅跟我一起打游戏吧。你知道吗，我新买的这个游戏画面感真是太好了，玩起来特别棒。"

这个人还真是三句不离本行呢……

"可是我胃胀气，导致我腰很疼，需要个舒服的地方待会儿。可你家的椅子不是太硬就是没法靠，也没有沙发，也没有床头，我长期在这种地方待着身体都僵硬得不行了，就是没病都弄出病来了。"

冷小星皱着眉跟我说："唉，你不觉得你这个人太挑剔了吗？我天天已经够尽心尽力地照顾你了，你怎么还那么多事？"

"喂，我这不是挑剔，我只是在阐述一个事实好吗？"我理直气壮，根本不觉得自己有什么问题。

"可是我家不是年底就要搬家了吗？到时候买舒服的床、舒服的沙发、舒服的椅子不就行了吗？"

"可是现在刚刚年初，距离年底还有好长时间好吗？"

"喂，你说话的时候别老像个土匪似的行吗？到底是不是女的呀？"冷小星瞥了我一眼，一副不耐烦的样子。我知道，只要一谈论到关于他家的什么事，他就莫名其妙地火大。在他心里，无论他家有什么问题，都不能说。当初我跟他说关于饭前喝汤伤胃的时候他也是这副表情，真是再熟悉不过了。所以看到他这个表情，我就自然地肝火上升，心火也旺。他既然说我不像女的，我也没必要再矜持了。

我冷冷地说："你给我出去！"

我看到冷小星的脸由白变红，又由红变成铁青。这次他一屁股坐到床上，直接躺下一动也不动。我过去叫他："喂，你没听见我刚才说的话吗？麻烦你出去，让我一个人静一静。"

"我才不出去呢。"

"你不是在玩 X－box 吗？继续出去玩啊。"

"我不想玩了。"冷小星把脸埋在枕头底下，我有时候觉得他的某些姿势像是犹在深闺的少女，相当之扭捏不成熟。

我爬上床，一边推冷小星一边继续催促他："唉，你出去待一会儿行不行？"

冷小星把脸转过来："我在这里待着碍你什么事了？"

我回答："碍我事了。因为我看见你就很烦。"我眉头一挑，故意做出一副满不在乎的样子。

冷小星一把抓住我的下巴，用手挤住我脸上的肉："喂，我告诉你，你别不识好歹听见没有？这是我家、我的房间，你凭什么让我走？"他的眼睛瞪得老大，另一只手不停地在握紧，每握紧一下，就听见骨头在响。

以前我看过一个介绍老虎的自然节目，里面说很多野生老虎在打架前都会有一段对峙的时间，老虎们互相咆哮，用爪子做出扑食的样子，胆子小的老虎若在这个阶段有所退缩，后面想取得胜利的可能性几乎为零。我看到冷小星的这个举动就想起了那些脸上带着黑色斑纹的老虎，觉得他跟那些老虎没什么区别。冷小星大概进化不完全，还没有完全去掉身上的兽性。

"请你滚出去好吗?"我气势依然不减地说。我最讨厌男人这样逞威风,还当这是原始父权社会是怎么着?

冷小星"哈哈哈"笑起来,就像电影里那种丧尽天良、失去理智的大坏蛋那样笑,让人听着毛骨悚然,不过我外表上仍然强装镇定。

冷小星使劲甩开我的肉脸,一板一眼地跟我说:"你让我出去是吧?可以。不过我出去了就不会再回来了。另外,你今天晚上睡完觉明天就从我家滚出去吧,好吗?我实在是受不了了,算了。"说完他跳下床往门口走。

他这话是什么意思?这是要分手是怎么着?

我也跟着跳下床,想要拉住他问个清楚。但由于过于着急,动作用力过猛,身体的重心有点儿后仰,我抓住冷小星的衣服后就往后摔了一下,只听"嚓"的一声,冷小星的法兰绒衬衫被我从上到下扯开了一个大口子。

冷小星暴跳如雷,我还没来得及跟他解释一句,他一巴掌拍在我的头上。我本来就重心不稳,被他这一拍,一下子被拍倒,头磕在床角上。我眼前一黑,感觉有点儿喘不上气来、有点儿头晕,接着一阵血腥味儿飘来,我就失去知觉了。

10分钟之后我醒过来(幸亏不是10年之后!),我躺在床上,身上盖着被子。冷小星跪在床的角落里低着头。我清了一下嗓子。冷小星看见我醒了,赶紧爬过来问我怎么样了。

我第一句问他:"我昏睡了多久?"

冷小星小声回答："大概 10 分钟吧。"

"真的吗？不是 10 天？"

"不是不是。正准备看你醒了没有，要还不醒就带你去医院呢。"

我呼呼喘着大气："有你这样的人吗？啊？我昏过去了你不是应该赶紧送我去医院吗？我要昏睡了 10 分钟直接死了怎么办？"

冷小星赶紧用手轻拍我的胸口："你别生气啊。还不知道你脑子摔没摔出问题来，你现在生气不好。我刚才给我爸妈打电话了，他们说要是你一会儿能醒应该就没事。你要是不放心的话，我现在再带你去医院看看。"

"你脑子才有问题呢！"我试着用手摸了摸脑袋，能摸出来鼓起了一个大包。我把手拿下来，奇怪的是并没有血迹。

"喂，我有没有流血？"

"没有流血。"

"胡说，我刚才晕倒之前明明闻见一股血腥味儿。"

"真的没有。"冷小星赶紧给我拿过来一面镜子，我一看果然没有血，只是鼓了一个包，非常疼。

"我告诉你冷小星，没有流血有可能是受了内伤，搞不好明天我就痴呆了或者半身不遂了，那都是你害的。"我虽然觉得应该没什么大事，但心里仍然忍不住愤愤不平，忍不住要骂冷小星几句。

"我错了，小西子，"冷小星扑上来抱住我，"你不要怕，你要是半身不遂了，我不会抛弃你的，会好好伺候你的。要是你痴呆了，我就每天喂你吃饭。"

我一把推开冷小星："你走开，我觉得你很恶心，不想理你！

你想得还挺详细啊，是不是天天盼着我有这一天啊？你以为你每天喂我吃饭就能弥补我得了痴呆对我造成的伤害吗，啊？"

"不是不是，我不是这个意思。小西子，你别生气啊，是我不会说话啊。"冷小星跪在我旁边，一边哄我一边轻轻摸着我的头发。

我半天没吱声，观察着冷小星。他跟 10 分钟之前相比像是变了一个人，或者说 10 分钟前的那个人一点儿也不像他，简直就是丧心病狂。

我问他："你刚才为什么要那样对我？"

冷小星支吾半天，终于说："我也不知道。当时大脑好像不受控制了，看到你那么嚣张我就觉得特别受不了。你还把我的衣服撕坏了，那件衣服是我姐姐给我买的，很贵呢。"

"我在你心里连件衣服都不如是吗？"

"不是不是。但是我就是特别看不了东西被弄坏，在心里我就希望每一件我的东西都是完美的。"

"你别找借口了行吗？说白了就是我在你心里还不如你的一件衣服重要。你简直就是变态！"

"是吗？"冷小星愣愣地问我，"那如果是我把你的东西弄坏了，你也不在意吗？"

"废话！到底是人重要还是东西重要啊！你知不知道你刚才的举动我是可以去告你故意伤害罪的？"

"嗯，我也不知道是怎么回事，我有时候就会这样，特别生

130

气，就像变身一样，特别有破坏力。"

"那你事后不会后悔吗?"

"会啊。不过事后虽然会后悔，但当时还是忍不住那么做。"

"你这是有暴躁倾向吧?"

"难道不是因为你做得太过分了吗?"

"不是!"我大吼，觉得这个人简直无可救药，"我根本就没对你做什么过分的事。我撕破你的衣服是因为我重心不稳不小心撕坏的。再说不管怎么样你也不应该那样推我!"

冷小星一下子瘪下去:"好吧，是我不好。"

"冷小星，我觉得你是一个特别自大、特别狂妄的人。你虽然平时对我比较温和，但那都是你心情好的时候。你本质上还是一个特别自我、特别自私的人。这也是咱俩一直都相处不好的原因之一。你今天把我弄伤了，我非常寒心。我都不想和你在一起了。"

"小西子，你别这样，我错了。"

"可是，"我非常严肃地看着冷小星，"这种事，有一就会有二。咱俩这样相处下去不行，谁知你会不会哪天把我推倒摔死。你自己又不能控制你自己。"

"那你说怎么办?"

我沉默了好久，说道:"去看心理医生吧，咱俩都看。我治抑郁症，你治暴躁症。"

这时距离冷小星宣布我得了抑郁症已经过去了一年。我这才发现有病的人不是只有我一个。常说人在爱情中特别容易变得神经质，也许不是变神经了，而是两个人走得太近会暴露彼此内心最隐秘的东西，包括好的，也包括坏的。冷小星大概从小被家里惯得不懂得如何控制自己的情绪，或者是他小时候遇到过什么事导致他人格分裂也说不定。

已经患了抑郁症一年的我，和刚刚被怀疑有暴躁狂症状的冷小星，准备一起去看心理医生，看看有什么科学的办法来解决我们的问题，让我们能继续走下去。

不过令人感到愉快的是：有病的终于不是只有我一个了！

说这话似乎有点儿幸灾乐祸的意思。不过这么久以来我想明白了一件事：重要的不是心理是否有"病"，而在于我们如何面对和看待它们。

4. 心理咨询和关于"放弃"

此刻我和冷小星正在东直门附近的一家心理咨询工作室的接待客厅里，默默坐着。他正在玩着手机里的游戏，我则正在发呆。东直门是个很特别的地方，它属于北京的中心区，然而却是个正在衰落的商圈。它的四周有像银座和东环那样的外资购物中心，不能不说高级和有风格，但总给人一种稀稀落落、冷冷清清的感觉。很多各种各样的场所隐藏在这种疏离的表面氛围之中，这家心理咨询工作室便是其中的一家。

北京的很多私人心理咨询室都开在国贸、大望路一带的各种SOHO里，可那些工作室看起来都像是为了那些每天工作压力很大的白领女性准备的。和心理医生聊聊，尝尝工作室准备的饮料和饼干，便可以部分地消除一个星期以来的疲惫而轻松起来。我并不是对这种工作室持鄙夷或嘲笑的态度，并不是，白领女性当然有权利获得愉快的心情并把它们投入到生活当中去。如果可以的话，我也愿意一边做着心理治疗，一边每次尝尝新口味的曲奇饼。只可惜，这种心理咨询室的消费实在是太高了，根本不是一个普通"学生党"和一个已经工作了的"抠门党"可以接受的。所以我们只能选择这家实实在在的干货型心理咨询工作室。

说它是干货型工作室，是因为这里除了做心理咨询必须要有的设施之外，其他任何不相关的东西都没有。没有点心，没有咖啡和红茶，没有鲜花，没有气派的大沙发。每个诊室里边放着几把相对来说比较舒服的椅子，其中有一两间里面有卧床，用于催眠。工作室藏在一个居民小区的楼里，就是用一个正常的家用三居室改装的。周边环境也很家常，甚至显得有些简陋。

我和冷小星在做心理治疗之前在一家粥面馆解决了晚饭，那是工作室到地铁站中间唯一的一家饭馆。我点了一个羊肉泡馍，冷小星则选了油泼面。刚出锅的面蒸腾出的热气，似乎能驱走部分的寒冷，然而一切还是显得那么百无聊赖。

在这种氛围下，我和冷小星想不严肃地对待心理治疗也不行。如此朴实的环境让我们不得不直视我们在解决自己心理问题的现实。

"请问你们为什么来做心理咨询，想解决哪些问题？"我们第一次来的时候，负责接待的年轻女性这样问我。她穿着湖蓝色的高领毛衣，披着长发，一副老师的样子。

"恋爱问题。"我回答。

"恋爱问题？"

"啊，不是，是她心理有点不正常。"冷小星如此纠正我的答案。

"而且他有狂躁症。"我也不甘示弱地补充道。

"哦……"高领老师有点无语，一边帮我们做着记录，一边又问："那你们是要分别做治疗，还是一起做？"

"一起做。"这次我俩倒是异口同声，不过心里打的主意可不一样。我是希望借医生的口让冷小星学会如何对待我这样的心理病人，而冷小星呢？要是让他一个人去做心理治疗，他恐怕只会支支吾吾，说不出自己的心里话。而且他也不愿意单独做治疗，那等于承认他也是一个心理病人了，他可不这么觉得。

帮我们做心理治疗的医生是毕业于北大心理学系的一位行为系博士师兄。所谓行为系，主要是从认知心理学发展而来的一套方法，强调通过实践和行为而非谈话来改善心理状态，主要利用客观而非主观手段来进行治疗。不过我们的主治医生第一次给我们治疗时却无法发挥自己的专长，因为我和冷小星的第一次心理咨询变成了一场"抱怨大战"。

"你觉得自己有心理问题吗?"大夫问我。

"有。我总是特别焦虑、缺乏安全感,而且我的身体不舒服好长时间了,我对这件事非常担心,感觉自己什么都做不了,这严重影响了我的日常生活。"我这样回答。

"怎么会严重影响你的生活呢?因为我觉得你看起来和其他人一样,并没有什么异常。"

"比如说我肚子难受的时候,我就会觉得僵硬或是堵,这个时候我就没法坐着,因为会不舒服,所以我常常就坐不住。但我需要做的很多事情又恰恰是需要坐着完成的,比如看书啊、写东西啊什么的。"

"哦。那么你呢?你觉得自己有什么问题?"大夫又转而问冷小星。

"我啊,我觉得自己其实没什么问题……"

我转头瞪着冷小星,就知道他是不会承认自己的问题的,别看在家里说得那么好听,一旦在陌生人面前就完全不是那么回事了……

冷小星应该感觉到了从旁边射来的犀利眼光,于是又改口道:"我就是有点控制不住自己的情绪,爱发脾气。"

"他特别冲动易怒,一旦发脾气就跟变了一个人一样。"我跟大夫这么说。

"但是都是她逼我的,她有时候特别能把人逼到角落。"冷小星一定要把责任推给我。

"哦？她是怎么逼你的，能不能说说？"医生问冷小星。

"她总是处于一种无解的状态。就是她的问题永远都解决不了。比如说她之前写学位论文的时候，她就觉得自己的身体状态没有办法完成论文。我说让她不要写得那么认真，把对自己的要求降低一些，她就说不行；我说我帮她写，她也说不行；我说那你就按照要求去写吧，她就说她那段时间经常熬夜都快死了，就是这么无解。"冷小星终于启动了吐槽状态。

"是这样吗？为什么会像冷先生说的这样？"医生眨眨眼问我。

我不得不一一解释："不是说我不能降低对自己论文的要求，我其实已经降低了。但是我们系的学术要求本身是很高的，而且我们专业又是我们系学术要求最高的专业之一，如果写得太差是根本毕不了业的。事实上直到答辩之前，我的导师对我的论文还是非常没有把握的，好在最后其他几位老师对我的论文评价还不错，这才顺利拿到学位。而且撰写论文本身需要大量的阅读和逻辑感，没有训练过是很难完成的，所以我才说他帮不了我。最后，我每次熬夜过后，腰都会非常疼，肚子也很容易不舒服，可是他家却没有一把舒适的椅子可以坐，而且我每天还要完成很大的论文工作量，确实是非常痛苦的。"

"对，她非说我家没有舒服的椅子！"冷小星抢着说。

"对你来说什么是'舒服的椅子'？"医生问我。

"首先椅子要和桌子的角度能配合得好，不要太高也不要太矮，尤其是不要太高，因为我无法弯腰弯得那么深。其次椅子必须要对我的腰有一个支撑，不然坐的时间久了我的腰会支撑不住。

但他们家的椅子不是太硬，就是没有支撑。"

"你说她的要求高不高？"听完我说，冷小星赶紧问医生，希望获得认同感。

没想到医生推了推自己的眼镜，对冷小星说："我想钟小姐看起来似乎是很多事情处于你刚才说的'无解'的状态，但是这是因为她其实早在我们给出建议之前就把这些办法想过一遍了，甚至可能比我们想得还要周全。但是在她这里，她觉得这些办法都行不通，而且她的这些'行不通'其实都是有她自己的原因的，虽然这些原因我们不能理解，但对她来说的确是'不能解决'，而不是'不愿意解决'。所以我们不能说钟小姐没有努力，我相信她肯定也很希望能找到出路，比我们任何人都更想去解决她自己的问题，因为最痛苦的人肯定是她自己。毕竟她身体不舒服带来的那种痛苦只能她自己去承受，别人很难想象也无法替代。"

医生的这一番话说得相当冷静、理性，但却让我感动得差点儿要飙泪。

冷小星听到医生的话傻了眼。他原本想要借医生的口来攻击我，却反过来被医生教育了一顿。

他不甘心："可是她这个样子让人很受不了。"

"所以你就动手打人吗?!"我实在是受不了他一直说我的问题而丝毫不说他自己的。

"打人？"医生用一种意味深长的语调问我们，同时用眼睛盯着冷小星。

冷小星使劲瞪了我一眼。是那种相当怨毒的眼神，仿佛我做了什么不可饶恕的事。我很讨厌他这样。我们来这里看心理医生究竟是为了什么？不仅仅是为了帮我解决问题，也要解决冷小星暴躁症的问题，可是他却一直在转移话题。

"怎么，这不能说吗？"我冷冷地问他，"难道我们来不是为了帮你解决你暴躁症的问题吗？不是为了解决你一发脾气就无法控制自己的问题吗？"

"你别说了行吗！"冷小星提高了音调，"我们来这里主要是来帮你解决问题的，我的问题是次要的。"

"谁说你的问题是次要的了？你的问题已经严重影响我的情绪了。我的病的治疗需要保持一个稳定的心态，可你的行为让我无法做到这一点。"

"你应该考虑的是你为什么无法保持稳定的心态！"

"为什么呀？为什么呀？"我逼问他。

"因为你有神经病。"冷小星大声地说，"你的这里有问题。"他用手指指自己的脑袋，同时用一种"谁怕谁"的眼神看着我。

我知道他又陷入无法控制自己而无所顾忌的境地了，或者不是他无法控制，而是他不想控制。在心理医生面前他居然这么说我，我的泪水在眼圈里面打转，但是我告诉自己不能哭。

"请等一等。"医生打断了我们的争吵。我们俩都转头看着他。

"希望你们两个不要在这里吵架，因为这毫无意义，无法解决你们的问题。"医生用略带严肃的口吻跟我们说，然后他问："我能不能单独和钟小姐谈谈?"

"当然可以,本来也是给她看病。"冷小星一副得逞了的样子。

"不好意思,"我尽量用客气的语调问医生,"请问为什么是和我谈而不是和他谈呢?"

"我理解你的担心,不和他谈并不代表他没有问题。不过他主观上并没有因为他的问题而受到困扰,可你所遇到的问题却让你难以正常生活,所以我认为应该首先帮助你。"医生的回答让我心里好受了许多。

接着冷小星被医生叫到客厅去等我,医生关上门重新回到他的座位继续进行针对我个人的治疗。

"他经常打你吗?"这是医生关心的首要问题。

"没有没有,就有过一次。他生气的时候推了我一下,我的头撞到床脚磕晕了。不过他平时生气、发脾气的时候就不管不顾的,就像您刚才看到的那样,会说很多伤害我、让我不能接受的话。"

"嗯,我了解。你觉得你对他的态度或者说你们俩之间的关系有什么问题吗?"医生一边在自己的本子上做记录一边问我。

"我觉得我太依赖他了,但有时也会怨恨他。"

"为什么怨恨?"

"我总是觉得我得这个病和他有很大的关系。"

"哦?怎么讲?"

"我这个病是因为我有一次和他夜里出去玩的时候受了寒。当时我们本来可以在室内待着,但他很怪,想跟我说话又不愿意在咖啡馆说,怕别人听见,于是就拉我到了室外,一直待到夜里三四点。而且后来我也总是觉得他对我冷冷的，不够关心我。"

"可是我相信冷先生当时带你去室外并不知道会因此让你生病，他肯定不是故意的。"

"我知道他不是故意的，可这件事我还是觉得和他是有些关系的。而且自打我生了这个病，一直治不好，我原来的生活计划全都被打乱了，我的生活变得特别艰难。我从来没有觉得有什么事是这么难以跨越的，好像再也过不去了一样。"

"当然，肯定是和他有些关系的。但是他自己怎么说呢？他觉得这件事和他有关吗？"

"他觉得这事跟他一点儿关系都没有，这也是我一直很不高兴的地方。再怎么说我也是跟他一起出去玩的时候生的病，而且这个病对我的影响那么大，让我几乎无法正常生活，每天都被病痛所折磨。作为一个男生，他怎么可以说这个病和他没有关系……"我说着说着有点儿伤心。

"但你要明白你是无法去左右和勉强他的想法的。你们两个人从小的生长环境完全不同，受的教育也不同，可能在他看来这件事就是和他没有关系。关键的问题是，他现在就是这么觉得了，那你能不能接受？"

"我当然很难接受。"

"为什么很难接受？"

"因为我想让他帮助我。因为我的病虽然有了一些好转，但我还是经常难受。可我自己能想到的治疗办法我都用过了。我看过西医也看过中医，扎过针灸按过摩，可是效果都不明显。所以我现在已经没有什么办法了，我就是希望他能帮我，我也觉得他应该帮我，因为这件事还是跟他有关系的。"

"那他帮你了吗？"

"没有。"我摇摇头。

"那我可以这样认为吗？因为你觉得冷先生欠你一个帮助，所以你对他造成你生病的事耿耿于怀，你老是觉得他应该帮助你，因为这件事跟他有关。你不断强调这点，其实你要的只是他的帮助？"

"可以这么说吧。"我承认。

"我觉得你应该想想一个问题，就是如果冷先生他一直不帮你治病，你要怎么办。因为很多事追根究底还是得自己一个人面对，不管造成这件事的原因是什么。这就是人生的常见事之一。你明白我说的意思吗？"

我茫然地点点头。

我的第一次心理治疗就这样结束了。

之后的一周我和冷小星一直在因为他在心理医生面前的不当行为而冷战，同时我也一直在思考医生给我提出的问题。

到下一周心理咨询的时候，我是一个人去的。我一个人在粥面馆点了羊肉泡馍，一个人吃完，然后一个人到了工作室的客厅等待着医生的到来。

医生一来，我立刻就跟他汇报起这个星期以来的思考结果。

"我觉得要是我不看到他还不会想起来这些事，可看到他他又不帮我，我就会反复不断地想。"

"而且除了他，我想不到还有什么别的人会帮我。"我补充道。

"那如果就是没有人会帮忙，你打算怎么办？还有如果不和他见面能让你不想这些，能不能先不和他见面？"

"不和他见面？"我没想到医生会提出这样一个建议，对我来说见不到冷小星似乎是难以想象的。

"对你来说，是否有什么东西是你一个人无法去面对的，必须有人陪伴才行？"

"是的。"

"是什么？"

"人生中那些痛苦的东西，那些让人无法承受和面对的东西。"

医生的嘴角有一丝上扬，他进一步问："是什么？"

"比如对于生老病死的恐惧，比如大家庭带来的压力，比如你看不明白这个社会、不知道自己应该怎么努力、自己是一个什么位置，等等。"

"你说对生老病死的恐惧，具体对你来说，就是现在的不舒服对吗？"

"是的。我始终没法接受这样一个事实：就是我每天都在不舒服，而且的确是非常痛苦的。"

"为什么不能接受？除了因为你的确很难受之外，还有没有别的原因？"

"因为我一旦难受，就没法做那些我想做的事情。"

"什么事情？""比如写作，比如阅读。我很想成为一个文化事业工作者。"

"那不做这些行不行呢?"

"不做这些?"我又一次被问住了,不禁反问,"那我应该做什么呢?"

"你应该做什么不是我能回答的,应该问你自己。那你想做写作、阅读这样的事是为什么呢?"

"因为我喜欢做这些呀,而且我这些年一直在做与此相关的事,也算有点经验,但主要还是因为喜欢。"

"那你既然喜欢就坚持去做好了。要是难受、不舒服,你忍着不就好了吗?你应该还不到那种一难受就立刻满头大汗、疼得打滚儿的程度吧?"

"那倒不是。可是的确很难受。这会影响我的读书和写作,会让我失去灵感或者无法再读下去,因为我会想,这些和我的难受比起来都是毫无意义的。那个时候我就很想躺回到床上去。"

"那你就躺回去呗。"

"可这样生活下去不是个事儿!"我有些发急。

"好,你不要激动。"医生试着稳定我的情绪,"我刚才那样说是希望你能告诉我,你觉得无法接受的到底是什么?"

"怎么说呢,"我使劲皱着眉头,努力想要说清楚自己的问题,"其实这么多年来,我始终都缺乏生活的动力。我不太清楚活着是为了什么,不知道为什么我对生活总是感到不满足。但是生病以前,我至少还有一些比较快乐的时候。可现在不是了,我现在的状态令我太难感受到快乐了,连最基本的不难受都达不到,于是我更加不清楚为什么要活着，为什么要做这做那了。"

"没有生活的动力和目标，可以这样理解吗？"

"是的。"

"关于这个问题有没有跟别人讨论过？为什么活着，还有为什么老是对生活不满意？"

"讨论过。比如我爸的生活动力可能是我，可我现在没有自己的孩子；比如冷小星的生活动力是他想要改变世界，当然他这个想法我不是特别理解，对我来说这种东西无法成为我的动力。"

"其实你说的这两个例子是两种不同的动力来源，但我觉得都可以成为你的动力啊。比如你虽然没有孩子，可是你有父亲啊。"

"我也很希望能帮助我爸，可我现在连身体都弄不好，怎么帮我爸呢？"

"从客观的角度来看，这是你的一个借口。说白了，你就是对自己的身体没有信心。"

"因为人的身体是无法控制的，就算你再怎么想办法也无济于事！"

"是因为你妈妈的事所以你这么觉得吗？"

我点点头："有一部分是吧。还有一部分是因为我的这个病一直以来都治不好。"

"有没有可能是因为你一直没有找到你生病的根本原因呢？给你看病的医生怎么跟你说？"

"每一个人说的都不太一样，不过大部分都认为我是肝郁脾虚，也有一些认为我的病是当初肾气受寒引发的。医生们说我必须保持心情愉快。"

"可你恰恰因为这个病无法心情愉快。这不是进入死循环了吗?"

"可我总觉得我看了那么多医生,吃了那么多药,总应该或多或少有一些用吧,可为什么总是不行呢?"说到这里我一再叹气。

"所以你就放弃了? 放弃你所有的生活、所有的责任?"

我抬头看了医生一眼,不知道说什么。

心理咨询结束后,我坐地铁回去。难得的好天气,地铁口有一两个卖畅销书和外版书的地摊儿。我在摊位前驻足了一会儿,什么也没买。每一本畅销书,无论是传记也好、理论也好、小说也好,无不在讲述着一个同样的故事:成功的故事。而我恰恰是一个最不成功的人。我感到有些讽刺,不是来自别人,而是来自我的内心,是自己对自己的讽刺。

医生说得对,说来说去,还是我不勇敢,我太懦弱了,根本没法面对任何一点儿困难,没有任何担当。

那天,医生给我最后的忠告是:好好思考你是不是应该放弃,如果你坚决要放弃,那谁也没有办法。还有,自己有勇气就不要靠别人。一个人自己很强、能够帮助别人是件很开心的事;一个人总是依赖别人才能生活,无论怎样都不会太开心,弄得自己累别人也累。你说人应该选择哪一种生活呢?

此外,医生还给了我两个小技巧,能够让自己获得更多思考、勇气和安静:冥想和真正的旅行。

第五章

最终回的

说走就走

走

1. 青色的岛屿

我最终选择了离开冷小星。

走的那一天，我甚至没有跟他打招呼，看着他像往常一样背着电脑包打开家门去上班，我远远地坐在电视机旁瞥了他一眼。我想再最后看一眼他的脸，可能以后都没有机会见到了，我想把他的眉毛、眼神、脸上的每一寸肌肤都印在脑子里。

以前我曾经离家出走过一次。

我这个人属于忍耐型人格，一般来说别人强迫我做什么事我都不好意思拒绝，多数都会顺从别人，想让大家都满意。但时间久了，积攒到一定程度，平时的委屈就会一下子爆发出来。不过我的爆发不会伤害别人，而是自伤型。一般我的办法就是自我放逐：把自己放逐到自由的边境，不去想那些让人烦恼的事，用寂寞和安静来治愈内心的伤害。

曾经的那次出走是因为我对家人实在是受不了了。以前在学校我是个乖乖女，努力学习，和老师、同学都能合得来——我天生就有这样的本领，特别善于和比自己大的人相处，让他们喜欢我，大多少都无所谓——可暗地里，离开学校，我就是个"问题少女"，心里永远有想不通的问题，不明白我的生活为什么必须得这样，不能那样。

我常常在离家三四站地的一家麦当劳里自习（那时的课业负担基本上使我每天除了吃饭、睡觉，剩下的时间都在学习），自习到10点多，麦当劳里人渐渐稀少起来，天实在已经太黑，再不回家路上容易有危险时，我才离开麦当劳，骑上车回家。我不愿意见家里的人，因为那时的我实在不知如何与专制和充满压迫感的他们相处，只能选择逃避。那次的出走究竟是因为什么事我已经记不得了。我只记得我那时刚上大学不久，同一个寝室的室友有个天津人，每隔一两周就要坐班车回一次家。所以我知道有一趟从我们学校到天津南开大学的班车，每天下午三点钟在学校东门发车。

我就这样稀里糊涂地坐上了这趟开往南开的班车，在晚上8点多到了位于迎水道的南开大学分校区，我有个高中的死党在那儿读新闻传播专业。那一天我因为自己的出走计划过于兴奋紧张而没怎么吃东西，当然除了兴奋，更多的还是伤心。

那是一个冬天，毗邻海滨的天津比北京还要寒冷。我到得太晚，学校食堂已经没有饭，死党在学校门口接上我，一脸没好气地说："就知道你有一天得投奔我来。"接着她带我去一家吉祥馄饨吃了一碗"全家福"。那是我第一次吃吉祥馄饨，也是最惊艳的

你必须要自己解决自己的问题，

因为除了你自己，

没有人会帮你的，你必须记住这一点。

一次，后来我再也没吃过那么好吃的馄饨了。10个大馄饨下肚，我的胃里还有地方。走回学校的时候，又买了一根夹豆馅的冰糖葫芦，"铿铿铿"吃了下去，也是绝世美味。死党看得一愣一愣的，问我："小妮子你到底多久没吃饭了？"我扭头冲她露出惨淡的微笑。

当晚我睡在死党学校的一个地下宿舍里，是学校租给准备考研的学生用的，15块钱一个床位，一间屋里8张床，显得很挤。我睡得并不舒服，第二天很早就醒了。窗外下起了雪，我隔着窗户看学生们在校园里走，一开始没什么人，后来人渐渐多起来。有些人穿的羽绒服的颜色很奇怪，比如那种像机车油的墨绿色，还有土黄色，还有特别鲜艳的桃红色，看着这些穿着奇怪颜色羽绒服的学生在雪地里晃晃地走，我突然觉得很好笑。

可是笑着笑着我又掉了泪，突然觉得我何尝不是和他们一样，在生活中跌跌撞撞，还穿着奇怪的衣服，自以为卓尔不群，其实不过是别人眼中的笑料。

那次离家出走以死党对我的背叛结束。第二天傍晚，我家人突然出现在校园中来接我走的时候，我既感到措手不及，又有一种错认好人的痛心感，转头看我死党，她一副"我没做错，你应该感谢我"的表情。我最终无可选择地跟着家人走了，同时也明白了一个道理：最深切的痛苦就是死党大概也理解不了，因为人和人是不同的，而且随着时间的推移，大概会越来越不同。

第一次出走虽然惨淡收场，但很多年来我一直记得一个人站在陌生的、遥远的地方看雪时的感觉，虽然孤独但却很轻松，是那种终于感到自己是一个人在这个世界上活着、无牵无挂的轻松。

　　所以这次我不动声色地决定了要离开这里。走的前一个晚上，我和冷小星吵了一架，他轰我走，我一气之下离开他家去了附近的一家肯德基。以前我和他说过：如果有一天我们俩吵架，我走了，请他一定要来找我，哄哄我，我就会消气跟他回家。我在肯德基里等着冷小星，心想我跟他说过那么多次，他一定会出来找我，只要他出来找我，一定会来肯德基，我就原谅他今晚对我所做的一切。

　　我就这样等到夜里 12 点多，在肯德基里刷夜的人开始一个个卧倒了，我还是没有等到他。我走出肯德基，走进夜色。我无处可去，只能慢慢走回他的家。夜已经深了，天气很冷，街灯孤零零地在路口一闪一闪。我一边走一边对自己说："钟西西，从现在开始你不要再依靠任何人了。你必须要自己解决自己的问题，因为除了你自己，没有人会帮你的，你必须记住这一点。你必须记住昨晚和现在你对自己说的话。"

　　我这样对自己说着，并且流下泪来。

　　我坐了第二天上午的火车去了青岛。

　　我按照计划在冷小星眼前默默吃完了早饭，假装在沙发上看电视。他出门时大概对昨晚发生的事感到有点儿不好意思，于是扭头跟我说了一句："晚上回来好好谈谈好吗？"我略微迟疑了一会儿，终于点了一下头，然后看着他走出门去。之后我按照计划整理自己的行李，装上衣服、备用物品、正在吃的调理的中药和现金。我还不忘装上一本村上春树的小说——在没有东西可以阅读的时候反复看村上春树的小说大概也不会觉得烦，另外还有我本科和研究生的学位证书，我已经准备好在一个新的地方开始一段新的生活。

11 点整，我整理好所有物品离开冷小星的家，在楼下打了一辆出租车直接去北京南站。在出租车上，我给我的心理医生发了一条短信，告诉他我近期可能无法再去做治疗了，准备一个人按照自己的想法去活。我在短信里说：也许我身上的难受永远都好不了了，我不想再活得那么累。

之后我将手机关机，在南站买了出发时间最近的一趟开往青岛的高铁，找了一家快餐店匆匆解决了自己的午饭，然后跟着人流检票、上车。列车缓缓离开北京的时候，我还略微有点儿紧张，靠在座椅上看着窗外一点点加速流动的景物，感觉自己在逃离。半个小时之后，列车在第一站廊坊停车，很快又重新开了起来。我终于明白这趟车将会载着我离开那个让我如此艰辛生活的世界，我全身放松下来，睡了过去。

我对山东怀着莫名的好感。上一次去山东还是大学一年级的暑假，我跟着一个旅行团五天内跑了青岛、蓬莱、威海三个地方。行程虽然紧张匆忙，可青岛却给我留下了两点很深的印象：一是这里的人拿塑料袋装啤酒喝，感觉很豪爽；二是这里没有夜生活，晚上大街上几乎没有什么人，让我觉得这里的人的生活很质朴。

大学时期班里有几个同学是山东人，喜欢吃饸面馒头，感觉山东人又低调又坚实，吃得了苦，对人也很和善礼貌。不知为什么，就觉得山东是个可以让人觉得安全的好地方。

再次醒来的时候已经是晚上7点，奇怪的是我的肚子并没有感觉到饿。我随手拿起高铁上配备的杂志翻阅，之后又用火车上的一次性纸杯接了一杯水喝掉。杂志里写的是什么我一点儿都不清楚，我只知道火车很快就要到青岛了，心里感到快乐和解脱。在我的想象中，夜色中的青岛应该又凉爽又舒适，远处有大海潮起潮落的声音，空气里有一丝丝咸咸的海水味道，宁静的街道旁还未关门的小店里可以买到新鲜的啤酒。将近8点的时候，5个多小时的火车旅程结束，我踏上青岛火车站的站台。空气里没有咸味，天气有点冷。

车站前是一个小小的广场，我站在那里琢磨今晚怎么办。早上走的时候我还没最终决定要去哪里，所以根本没有来得及订下住的地方，而且既然是自己一个人出来，就得节省着点儿，想来想去决定先找个青年旅舍住一晚。我从手机里查到火车站附近的几家青旅，选了其中一家看起来最靠谱的，然后打了一辆车直接过去了。（虽说应以节省大业为主，但在陌生城市的夜晚，不熟悉路的情况下，打车还是必要的。无论如何安全第一，这是我一个人在外时时刻刻注意的。）

10分钟后我到达青旅，前台的女接待员告诉我多人间已经没有床位了，只剩下公用卫生间的单间了，好在价格在我接受的范围之内，68 元一晚。傍晚的青岛比北京大概低了六七摄氏度，我身上的短袖衫和外套完全不能御寒，拿到房间的钥匙后，我赶快爬楼进了房间。

房间可真够简陋的。白色的墙有些地方脏脏的，有些地方还掉了皮。房间里除了一张床、一张桌子、一把椅子和一个台灯，没有任何其他的家具了。冲着楼外的那面墙上有一个小小的窗户，而冲着楼内的墙上则有两扇大大的窗，用花布窗帘罩了起来以便和楼道隔绝。难为青旅老板的苦心，在这种条件下地上居然铺的还是木地板。

条件虽然简陋无比，可不知为何我一进这小小的房间居然有一种亲切感。我将桌子上的台灯打开，脱掉鞋和袜子钻到被子里、靠在床头上，黄色的灯光打在白色的被子上，外面隐隐约约有呼呼的风声。我就这样静静地坐着，不需要和任何人说话，不需要再和任何人解释我的极其复杂、谁也弄不明白的病。今晚，我只有这间房子，而这一间房子对我来说足够了。我躺在这里很安全，没有人来打扰我，没有人和我争吵，没有外面的大风，舒舒服服的。在寒冷的北方岛屿的夜晚，有温暖的被窝，我还需要什么呢？

我坐在那里想了一会儿后面的打算。我想要紧的是找到一个短租的房子，当然这种房子一般不太好找，在找到之前只好先住在青旅。接下来就是在住的地方附近找一份工作，反正能填饱肚子就行，什么工作都可以，只要不太累就行。这么打算好了，我顺着床头出溜到枕头上，让身体充分享受被子里的温热，没过一会儿我便沉沉睡去了。

白天的青岛和晚上的截然不同。阳光充足，景色美好。好多年没有来过这里，我感觉这已经不是我当年来时没有夜生活的青岛了。如今走在青岛的街上，感觉路都是绵延而高低不平的，这是第一次来时没有注意到的地方。路的两旁种着树，绿化非常好，整个城市非常干净，恍惚间常常感觉这像是北方的上海。

人们说，如果除了观光，你发现不知为什么你总是反复地到达同一个地方，那说明你肯定喜欢那里。想想我曾经反复去过的地方：香港、上海还有如今的青岛，我嘲笑自己，我以前肯定是个自视清高的伪小资女。

不过这些都不是太重要了，我如今只想在这个安静的城市过一个人的生活，痛苦也好，快乐也好，我都可以自己一个人承受，不需要再对任何人解释也无须再对任何人负责了，能把自己负责好对我来说已经算不错了。

经过这么多事，我必须得承认，我现在是一个能力很低的人。我不想再勉强自己对谁负责，那样只会害人害己。

在中山路的基督教堂门口晒太阳的时候，我便想了如上这些。

早上起来我在豆瓣的青岛租房小组看到一些合适的房子，虽然人家都是要招长租，不过我还是舰着脸问人家短租一两个月可不可以。毕竟我不知道将来在这里的生活会是怎样，一开始找个短租会更灵活一些。给各个房东发完短信或在 QQ（即时通信软件）上留过言之后，我便沿着青旅附近的小路去散步了。一开始在附近的菜市场乱逛，我发现青岛人非常喜欢泰迪这种狗狗，菜市场里卖菜的人养的全是棕红色小泰迪，造成了偌大的菜市场里小泰迪满处跑的局面。我流连忘返，更加乱走一气。

不知不觉走到了中山路上的基督教堂，风淡淡的，我坐在树下的椅子上看远处的情侣们拍婚纱照。我突然间想起生病以前的生活来，那时我喜欢去咖啡馆，喜欢泡图书馆，既想做一个学识渊博、有资本高谈阔论的女知识分子，又想做一个写得了诗、唱得了歌的文艺青年。这些我或许那时都做到了，或许都没有做到，不过这都没关系了，过去的生活对现在生活中的痛苦来说，显得太过于遥远，虽然它们都还是在我心中。

我现在唯一的愿望是做一个最平凡的人，有健康的身体，能好好过日子。这对如今的我来说是一种奢侈的梦想。

很多人原本自视清高，生活的苦难让他们成长，从男孩儿变成男人，从女孩儿变成女人。我不知道我是否在经历这样一个过程：苦尽甘来，再也不嘚瑟，好好过生活。

我曾经不止一次地想过，有一天我不再难受，跑到冷小星面前跟他说："你看，我全好啦。"那时我一定非常开心，过去的忧愁、郁闷、怨恨种种一扫而光，从此过上平凡但却满足的生活。

现在这样的时刻为什么要想起冷小星呢？或许是因为看到了那些拍婚纱照的男男女女吧，这真是一个伤感的话题。或者什么苦尽甘来不过是我自己的想象，也许残酷的现实会告诉我，有些人注定一辈子承受难以承受的痛苦。我不能想这些，想到这些会让我觉得崩溃，我该欣赏眼前的美景。远处是海，眼前有砖红色的十字尖顶的教堂，身后有树，头上有花，我吸了一口空气，有点迷醉。不管人生会有多么苦，身体有多么痛，至少就在此刻我获得了精神上大概 10% 左右的愉悦。愉悦总是好的，自由也是好的。

我就这样飘飘然又陶醉地坐到中午，然后在一家"苟不理"国营包子铺解决了午饭问题。包子真实在，先不论味道怎样，倒真的是薄皮儿大馅儿。我本以为这包子铺应该是山寨版的天津"狗不理"，没想到营业员告诉我，人家还是个青岛老字号。无论如何，酒足饭饱之后，我对这个朴实无华的国营包子铺充满了好感。

我接着从包子铺往回晃，其间收到早上联系的房东的各种回复："对不起呀，房子已经租出去了"、"抱歉，小妹儿，我的房子不接受短租"，等等。我心想今天找房子的事估计是没戏了，不过这一上午的玩耍还是很愉快的。现在我感觉有点累，思念起了青旅的暖心被窝，准备不管三七二十一先回去睡一场。自由就是这点好，谁也不用管，就是自由的日子不是那么多，所以更要珍惜，要好好玩耍。

我回到自己的小房间里，拉上房间窗口的蓝色窗帘开始睡起觉来。房间的窗户开了一条缝，我能感受到午后的阳光顺着蓝色的窗帘倾泻到屋子里来，楼道里传来一些人在公共小浴室淋浴的水声。

我想起以前读的各式小说，它们虽然被我阅读过，可又有多少是被我真正记住的呢？我想起一些片段，虽然已经不记得它们是来自具体的哪一部作品，可阅读时扑面而来的感受却被我记住了。

比如上海的老式小公寓，弄堂里传来的洗菜声；比如20多年前的北京，清晨公园里的遛鸟大爷和他叫得很好听的"小宝贝儿"；比如父子吵架的声音；比如雪落松溪的声音……

很奇怪，我想起的大多都是声音，它们和浴室里的声音混成一片，有点儿像一种独特的协奏曲。在这片声音中，我稀里糊涂地睡着了。

大概过了半个小时，我突然醒了过来，在悠闲中想起了自己的处境：一个人出门在外，身上虽然揣着不少钱，可前途未卜，不知道在这个城市能否活下去。早上发出的各种求租房信息虽然被一一打了回来，但我决定再试一试，毕竟一天68元钱的住宿费再加上各种吃喝的开销不是一个小数目，如果能租上房子就不一样了，不仅房租能更便宜，还可以自己做饭。我只好又打开豆瓣青岛租房小组想看看有没有新的帖子，没想到，说时迟，那时快，见证奇迹就现在，我一下子看到了一个自称要短租自己家一个房间的帖子。要知道，房东愿意短租自家房子可是百年不遇的稀奇事。

我打开帖子看了看照片，房间虽然不是特别大，但是却正好是我喜欢的类型：白色的衣柜，大大的台式电脑，果冻色的转椅，看起来很舒服的单人床上面铺着带星星的床单，像是一个20多岁还未毕业的年轻人住的房间，只差再贴一张海报。再看文字内容，房东说是自己对象出差去了外地而且要待一两个月，所以找人分担一下房租顺便做伴。我心里窃喜，家里只有两个人住，那住起来应该很爽。

机会不等人，我赶紧按照帖子里的联系方式联系了房东。从房东发来的照片看，房子的客厅里有大大的电视机，卫生间干净整洁，厨房带有整体厨具，房东住的主卧里铺着柔软的深紫色床品四件套。一看就是特别好的房子，地上还铺着木地板，我在北京也没住过这么好的房间呀！

请问你是女孩吗？

房东：是啊。

Perfect（太好了）！我没想到最后的结局竟然如此完美！

青旅的工作人员非常友好地把我午睡的时间免掉了，没有另外计算费用。我收拾好行李，按照房东妹子的指示，步行到火车站附近乘坐303路公交车直奔妹子的家。我从始发站上车，要到倒数第二站下车。坐上车的时候已经是青岛下班的高峰时间，车上人很多，不过一点儿也不妨碍我沿途观赏青岛的市井。街道不是很宽，两旁有各种小小的店铺、小超市，天很蓝，很多小楼看着都很洋气，我的心情很好。汽车走了20多站，一直在繁华的街道上行驶，还有一些堵车，又走了六七站地，车上才渐渐空起来，路一下子宽了许多，进入了像高速公路那样的路，我想大概已经到近郊了。果然没过一会儿听见报站到合川路了，我赶紧下车。

房东妹子叫琼，我到了小区门口给她打电话。过了一会儿，盈盈走过来一个小巧清瘦的姑娘，若不是提前跟她联系过，真不敢相信她已经结婚了。琼带我走回她的家，一路上我的心情激动不已：青岛就是这样一个好地方，即使是市中心之外，也仍然十分自然干净。我想象着未来的生活将在空气清新的郊外度过，有种即将入住小别墅的感觉。

我觉得我和琼是有缘分的人，能成功租到她家的房子简直就是百年不遇的好运气，更重要的是，进到她家之后，这个地方又大大超出了我的预期：电梯是两户一梯，很私密，跟着琼进到屋里，我发现一切都和我之前看的照片一样，甚至更好。琼的客厅里摆放着大大小小三把吉他和各种乐谱。我问她："这是你的?"她说："是我和我对象的，我们都很喜欢音乐。"说完琼从厨房端出两盘菜，是酱爆肉末茄子和青椒肉丝，她带着笑意："你今天第一天来，算是迎接你啦。我做得不好，你别嫌弃啊。"我那时的心情简直无法形容了，又饿又感动，我好久没有闻过这么香的菜香气了，完全是北方的口味，我恨不得马上扑过去开吃。我说："你做得太好了，我闻着就觉得特别香。"我们俩赶紧入座，就着山东戗面馒头吃着小菜，真是特别够味儿!

那天晚上我吃得特别满足，很多年都没有如此畅快地吃一顿饭了，我的胃切切实实地感受到了离开冷小星的好。这里是山东，无论怎么吃都是北方口味。我现在练就了一身不挑食的优点，只要是北方风味，我吃着都香，哪怕腐乳就馒头也是好的。

席间我不断夸赞琼的厨艺高超，琼说："看你像是很久没吃饭一样。"

我回答："是很久没吃北方的饭了。"于是说起在冷小星家吃饭的种种际遇，琼表示对我的舌头和胃很同情。

琼又说："平时我对象老是嫌我做得不够好，没想到今天受到你的严重表扬了。"

我赶紧咽下酱味十足的茄子说："你对象是大厨师吧？要不然你做那么好吃他还嫌不好？"

"咳，什么呀，他可不是什么大厨。最近他又辞职出去玩了。"

"啊？不是出差了吗？"

琼这才告诉我实情，原来她老公是自驾摩托穿越内蒙古大草原去了。

"他喜欢自由，去年刚去过西藏，这次又去内蒙古。"

"你咋没跟他一起去？"

琼一脸无奈地回答："我俩都去了，谁挣钱还房贷？"

"嗯，也是。对了，琼，你在哪里上班？"我对附近有什么工作机会非常关心。

"我在青岛啤酒厂做文秘。"琼说。

"酷！那你不是能经常喝免费的青岛啤酒？"

"嗯，有时是会发一些没贴标签的啤酒当福利。味道还不错。"

我给琼的工作点无数个赞。以前做文艺青年的时代，我常常喜欢喝点小啤酒，逍遥自在一番。青岛的啤酒有了名的好喝，简直是文艺青年居家必备。

说来说去，我对琼的生活除了艳羡还是艳羡。晚饭过后，琼坐在客厅里拿着吉他边弹边唱，小小的身体里发出那么清亮的歌声。她唱了一首又一首，每一首都好听，而且不仅仅是好听，还有一种年轻的气息。年轻的女孩身上都有一种独特的气息，有点骄傲，有点不羁，仿佛背起吉他就能大踏步地往前走，头也不回。这种东西几年前我身上也有，现在却被消磨光了。我和琼年龄仅相差一岁，不过她还是美好的年轻姑娘，我却已经老了。我想起杜拉斯《情人》的开头，只恨没有一个年轻的男子走来安慰我。

我听着音乐，随口问起："这个小区为什么叫山河城呀，好霸气的名字。"

"哦，对了！"琼放下手中的吉他，"你看了这个就明白了。"她跑到客厅的窗前把窗帘拉开。

在我二十几年的人生中，我看过的夜里的山景最美的有两个：一个是我第一次去香港的时候，借住在半山的一个朋友家里。冬天的傍晚，我躺在略微有些湿冷的被子里，读着萧红，看窗外一片一片的山上的星星点点的灯光；而另一个就是那晚看到的景色。窗口外面能看到远处有黑色的山的轮廓，沿着上山的路，每隔一段就有一盏很亮的黄色路灯，一直绵延到山顶。我惊讶于眼前的景色，听见琼告诉我："这边是山，小区后面还有一条很长很长的河，所以叫山河城。"

我大喜过望，不仅喜欢眼前的姑娘，也喜欢这种生活。

总结一句话：没想到到了青岛的第二天，我就住进了一个文艺女青年的山景豪宅。

2. 我和爸爸

我住的地方有山有水。

每天清晨起床后，我拉开客厅的窗帘，给自己煮一个鸡蛋，热上两片面包，泡一杯咖啡或是一碗豆奶。吃过早饭我打开电脑翻译英文短篇小说。翻译是一件折磨人的事，因为我翻译得很慢，可能一个小时才翻译了原文里的两个段落，简直是蜗牛的速度。我很久没有翻译了，在这里住下来之后才又动了这个念头。翻译能让人的心变大，在两种语言之间穿梭，有时比自己写作还要吸引人。翻译一个小时后，我打开电视机，跳健美操锻炼身体，一般会跳一个小时，然后再看一个小时的书。午饭过后，我会午睡一个小时，下午的时间有时用来看电影（我没看过的电影实在是太多了，好多人人熟知的电影我都没有看过），有时用来写作和继续翻译，之后我会学习一个小时的日语。

琼每天晚上都回来做饭给我吃，有时是土豆，有时是豆角，有时是冬瓜，样样都好。我在她快回来的一个小时前把菜洗净切好，做好准备工作。她说我切菜切得很整齐，我们俩合作得很有默契。

在琼家让我突然感到自己特别安心和踏实，让我回忆起以前的自己。我决定好好规划自己的生活，做那些我一直想做却没能做的事。

我也很快见识到了那条河。

一天傍晚，我吃完饭正躺在自己房间的床上发呆，琼过来问我："要不要去河边走走？"我点了点头，跟着她一起下了楼。

那是一条很长的河，差不多有两三站地那么长，像是那种每座城市都有的：不为人知的护城河的一段。河的两岸有三三两两的来这里玩的人，有一些看起来比我要小上四五岁的少男少女在不远处滑滑板。我对琼提议想沿着河边散步，看看这河到底有多长。琼对此没有异议，不过想想又补充道："我平时缺乏锻炼，也许走着走着就走不动了。"

"如果是那样，我们到时候折回来就行。"我回答。

我和琼慢慢地走着，有一搭无一搭地聊着各种话题。琼问我有没有看到楼下放着的红色小摩托，我说没注意，她说那是她对象这次出发之前给她买的。我问她："你会骑不？"她笑了笑说："正学着呢。"

琼是个比较开朗的人。她说："你知道吗？我对象这次去内蒙古，我一直没敢告诉婆婆，怕她着急。后来我对象上传了几张照片到微信上，就是那种骑在摩托车上特有范儿的照片，结果就被发现了。我婆婆特别着急，我这几天一直在打电话劝她。"

"你和你婆婆关系好吗？"

"嗯，挺好的。"琼一边说一边弄自己翘起来的一撮儿刘海。

"这刘海总是不服帖，今天早上就这样，我去上班的时候觉得丑死了。"

"我看着倒是挺好看的。"琼翘翘的卷发像微风拂过的深色小旗子。

"真的吗？"

"嗯。"

谈完这个话题我们俩突然不说话了，像是广播突然中断了一样。我们已经走过河边最热闹的地方，虽然路上一直都有路灯和每隔一段路就有的亮着灯的桥，但行人却渐渐少起来。

对面走来一个人牵着一条狗，天黑看不那么清楚，但大约是白色泰迪或是比熊。

我想起一个话题，问琼："你喜欢狗狗吗？"

琼想了一会儿，说："我本身对小动物倒是没有喜欢或者不喜欢什么的，不过我觉得狗狗有些脏。"

"哦，我倒是蛮喜欢狗狗的。"

"那你就养一只呗。"

"嗯，本来想养来着，可后来没养成。因为我男朋友怕狗狗。"冷小星是那种见到狗狗连摸一摸都不敢的人。

"你知道吗？"我看着前方亮亮的桥对琼说，"有时候我觉得狗狗比人要靠谱，它永远都那么喜欢你、依赖你。或许会任性，但却不会伤你的心。"

"那倒是。"琼回答我。

走过这座桥，琼突然叫了我一声："喂。"我回头看她，她随即问我："问你个问题，你来青岛不是来旅游观光的吧？"

我嘿嘿一笑，问她："何出此言？"

"我看你这两天也没去哪里玩，天天都在家里待着。感觉你有时挺不开心的。"

"所以你觉着我是失恋了来疗伤的？"

"不是吗？"

"嗯……"我考虑着琼的问题，思考应该如何回答她。从严格意义上讲，我不能算是失恋，因为冷小星并没有把我甩掉，相反倒是我主动离开他。不过这又有什么要紧的呢？正像琼说的，我有时并不开心，这是事实。不过我的不开心大概也并不仅仅是因为冷小星。

"怎么说呢，我不是失恋了来疗伤的，我应该算是疗养吧。"我这么回答琼。

"疗养？怎么，你病了？"

"嗯，是。我的肚子和腰总是不舒服，好几年了。之前一直强撑着，最近实在是没有办法坚持了。想到别的地方散散心，好好疗养疗养。"

"哦……那你怎么一个人来呢？你对象怎么不跟你一起来？"

"嗯……他不是得工作吗？"我故作轻松地对着琼笑了笑。

"真的吗？"

"真的呀。"

"那他不来看你吗？你一个人在一个陌生的城市，他能放心？"

"他……"我不知道该怎么回答琼的问题,"我们最近关系有点儿紧张。"

琼没有马上答话,沉默了好久,然后她说:"我就觉得你和你对象肯定是有问题了,从来没见你们通过电话。"

这次轮到我沉默。

"其实他不知道我现在在哪儿。"

"你别告诉我你是离家出走啊?!"琼跑过来问我,一脸着急。

"算是吧。"

"哇,老天,Oh my God(上帝啊)!"琼一连说出三个感叹词来表达情绪,"我一直以为这种事只有小说和电视上才有呢,哪儿想到今天就让我碰上一个。怪不得你吃饭的时候老跟好久都没吃过东西似的,你是不是来我家之前一直都没吃上饭啊?"

我被她逗乐:"哪有那么夸张?主要是我男朋友家做的饭一般都没什么味道,不合我的口味,而且你做饭真的好吃,我好久没吃过这么正宗的北方家常菜了。"

"哦……"琼一边点头,一边好像在琢磨着什么,"其实你这种感受我能理解。我对象有时也让我觉得比较崩溃或者挺委屈的,我有时候也有想逃离的冲动,不过我对象比我还爱玩,还没等我走呢他先走了。"

"哈哈。不过我觉得你挺自由的。"

"你不自由吗?"

"我在北京的时候觉得活得挺压抑的。我觉得身边没有什么人理解我。我觉得我男朋友也不太理解我,连我身体不舒服都理解不了。他们一家人老觉得我是心里难受，神经出了问题而不是身体有什么问题。"

"啊?"琼做了一个很夸张的表情，"不过既然你在你男朋友家过得不开心，那你怎么不回自己家呢?"

"唉，那又是另一段故事了。"我对琼说。

以前上学的时候学过一篇文章叫《套中人》，我觉得我爸就是一个套中人。他给自己做了一个方框，也给身边的每个人都做了一个方框，把自己套起来，也把其他人一个一个套在框框里。都套好之后他就特别开心，觉得一切都在向前和向好的方向发展；若是哪一个人不愿意被他套住，不符合他给这个人画的框框，他就会特别沮丧、失望，认为这个人糟透了。他自己又急又恨，急的是不知怎么让这个人赶紧回到框框之中，恨的是，这个人在套子中总是不老实。若是这个人不但自己不愿进方框，还要把他从方框中拉出来，他便讨厌起这个人来，认为这个人把他的生活全弄乱了。遗憾的是，我就是那个让他又急又恨又讨厌的人。

我的家庭是一个奇怪的大家庭，自从妈妈走了之后，我一直都艰难地生活在其中，并且忍受这里边那些各种各样的奇怪的东西。我非常不喜欢我的家庭里到处蔓延的固执和追求完美的气氛，这两种东西在那些年快要把我逼疯了。

我一次又一次地忍受着我自己的亲人对我的抱怨、不满，对我人格的攻击，对于20多岁的我来说，我根本不知道自己做错了什么。

我在内心深处一直认为，一家人之间是有很多爱和谅解的，可在我的家中却不是这样。如果你不够好，你会发现周围的人对你不是鼓励，不是包容，而是嫌弃和挑剔。而最关键的是，他们每个人对你的期待都是不一样的：比如我爷爷希望我学富五车，读个博士学位回来；我小姑却认为我书读得太多快成书呆子了，应该学习穿衣打扮和做家务，让自己像个温柔的女生而不是神一般的"女汉子"；我大姑和奶奶则从细节入手，认为不管我是读书还是做女人，都不能太不拘小节，一定要反复斟酌，任何人、任何事都要选最好、最完美的，这直接导致我在当初出国交流之前愣是被迫花了整整一个月的时间和我大姑一起整理行李，原因就是我大姑和奶奶认为我不具备选出完美衣服的眼光。但最后的事实是，在那一个月里我大姑反反复复地迷失于我的衣柜，最终还是我拍板儿决定了要带的每一件衣服。

　　我常常感觉自己无法与这一家人在一起生活，也常常感到惊奇，他们这一家人怎么生了我这么一个后代，用他们的话说我大概是个"不孝子"。我关于青春的所有回忆都与追赶他们的期望相关，每次我气喘吁吁地达到了他们的目标，以为终于可以歇口气了的时候，就发现他们一个个还是抱持着那副横眉冷对的表情，照样能挑出我的各种毛病、各种缺陷。总之他们给我的感觉就是，我这个人就是一个叉，一个大写的叉，全部都是错误。

　　而最令我憎恨的是，我的家人不懂得去理解别人，哪怕是一丝一毫都没有。他们与我在一起生活了这么多年，一直都是我在努力去让他们来了解并理解我，每当他们对我表现出一点点想要交流的愿望时，我都掏心窝地把自己的真实想法一股脑儿告诉他们，可结果却换来一次又一次更加深重的否定。

他们对我有一个心理预期，在他们的心里，这个唯一的女儿、唯一的孙女、唯一的侄女必须要上得厅堂、下得厨房，有能力、有学识、有智慧，要自己挣得一笔大钱，还要嫁个乘龙快婿，要衣着得体、谈吐风雅，回到家又能把房间打扫得纤尘不染，是个人见人爱、花见花开、完美得无以复加的女性。

可事实让他们大跌眼镜：从小就虚弱的身体使我在尽全力学习自己想要了解的知识之后，没有更多的能量去做这么多事，于是我变成了他们嘴里邋邋遢遢、没有审美的人，没有做家务的本领因此毫无生活能力的人。而我的确不是一个拥有人生大智慧的人，至少在那个年纪，我只是一个敏感、脆弱、多情的少女，于是我变成了他们嘴里的又傻又笨的人，永远不听话的、不孝顺的问题少女，等等等等，不一而足。其实，说白了就是一个问题：他们怎么也接受不了这个真实的我，这个不成熟、过于敏感脆弱、没有那么多精力的我，以至于那些包含在这些缺点之中的些许的闪光点，比如善良、真挚、认真、努力等也都被一一忽略。他们不能接受我有缺点、我有软肋。

这么多年，虽然我做得不够好，但我仍然在慢慢地、一个一个地去完成他们对我的期待。但这次我的身体出了问题，而且是奇怪的、难以解决的问题，我的家人面对这个现实毫无办法、惊慌失措。恍惚间他们只会更加否定我。当我从欧洲拖着虚弱的身体回来，面对查不出病因的恐惧和害怕的时候，我记得我的姑姑和我谈过一次话，那次谈话的内容使我印象深刻。

姑姑首先否定了我的身体有病。她的观点是：既然你做了那么多检查都没有问题那你就是没有问题。我说可我还是难受啊。她说你知不知道世界上就是有很多病查不出原因的。我哑口无言，对她说的这个事实难以接受。接下来她说我非常自私，总是依赖家人，自己不能承担自己的事情。原因就是我当时虚弱无比，连去医院都没力气，所以都是爷爷奶奶陪我去。她说既然你没大毛病你就应该自己去医院，我不知道如何为自己辩解，流下了委屈的泪水。但我的哭并未止住姑姑对我的指责，反而让她说得越来越带劲。

她讲起人生大道理来，她说："你以为你在这个世界上能依靠谁？父母？丈夫？孩子？我告诉你，这些人都不会让你依靠，都是不靠谱的。父母会老、会死，丈夫会嫌弃你，孩子根本不会管你，翅膀一硬立刻离你而去，你只能靠自己。人生就是这么残酷，你还在做什么梦呀？你到现在还不知要自立，你还想依赖家里依赖到什么时候？说句不好听的，家里人为什么要给你花这个钱？家里有多少钱给你看病？"

我永远记得听她说完这番话之后，我心里彻骨的寒冷。这不仅仅是因为我突然意识到我的家人对我的爱是多么的狭隘和自私，竟然是以钱来计算的，还因为她的话让我感觉不到一点点人与人之间的温暖。一个人活在世界上，如果连身边最亲近的父母、爱人、孩子都不能相信和依靠，那么这个世界上还有所谓的爱、所谓的包容、所谓的牺牲与付出吗？难道说这个世界的本质真的是冰冷一片、荒凉一片吗？

我被震惊和打击得完全说不出话来，冬日午后的阳光暖暖地照进房间里来，我却坐在棕红色的窗帘边垂泪不语。这时，我爸爸走进来，对我说："你姑姑说得对。"我听到一个世界轰然倒塌的声音。

"从此之后我便对自己的家人随时保持着警惕和距离。"我对一直在默默倾听的琼说，"我后来去看病，都是偷偷拜托我男朋友陪我去的，因为我不敢再麻烦我的家人。"

"嗯，他们那样说确实会让人觉得很伤心。你就是因为这样才搬到你男朋友家去住的吗？"

我点点头，我的确是因此而不得不更加依赖冷小星。所以不管我多难受、多郁闷，我都只能和冷小星说；不管他因此多么厌烦我、没耐心，我都只能忍受。有多少次我和他吵完架，从他家跑出来，我默默地坐在他家楼下院子的座椅上，一坐坐好几个小时，估摸着他已经睡了之后再回去——我没有地方去，没有家可以回。

"不过，"琼的话打断了我的回忆，"你爸爸那样说也有可能只是想让你独立，只是你家人的表达方式很有问题。"琼接着说，"你爸爸肯定还是很关心你、很在乎你的。"

"可我总觉得我爸对我只有责任，他其实并不喜欢我，如果不是因为我是他女儿，他一定很讨厌我这个人。我家里的其他人对我肯定也是这样，只是对我有责任，没有爱，所以每次他们为我

175

做完事之后他们就会抱怨。"

"你不能这么想啊!"琼说,"别的人我不好说,不过我猜想你爸爸肯定不是只对你有责任。而且责任和爱这两样东西,本来就是分不了那么清楚的。"

"嗯。"我对琼笑了笑。

实际上,我常常会想家。虽然我有时觉得他们对我太冷漠、不理解我、随意侮辱我的人格,但我仍然会在一些时刻想起他们当中的一些人来。

在欧洲的时候,有一次我徒步穿越半个城区到一家肉食超市去买生排骨。那时我每个月靠500欧元的项目资助费生活,没什么钱,在欧洲的时候基本不坐车,都靠走路。因为徒步走了40多分钟,买完排骨出来我非常累,就坐在超市门口街边的座椅上休息。这时候,有一个拄着拐杖的欧洲老大爷走过我的面前。他很胖,其实和我爷爷一点儿也不像,不过他一脸严肃的神情和我爷爷有些神似。我突然就想起远方的爷爷和奶奶,想起爷爷平时拄着拐杖走的小碎步,还有总是向我投来的期盼的眼神。我就想也不知道他们此刻在做什么,知不知道我在这里要走那么远来买点儿肉吃,心一下子就酸了。

我也常常想起爸爸来。我爸爸虽然古板,但长得却非常萌。他的脸圆圆的,眼睛也圆圆的,偶尔看报纸或微信时会戴一个很复古的、也是圆圆的眼镜,整个人非常可爱。我爸爸其实把生活看得非常简单,对生活从来没有野心,只想过靠谱而普通的生活,做好自己该做的事。只可惜，妈妈的走和我的奇葩打乱了他所有的计划。所以我能想象面对我的各种想法、各种状况的时候他会感到有多么惊诧和惶惑。这样想想，有时我觉得爸爸也是过得很挣扎的，常常需要面对别人家的孩子不会出现的情况。他一定很希望我是那种又聪明又世故但又不走心的女生，特别容易成功和幸福。但现实却是：他女儿是一个没智慧、不精明，但又敏感、纠结得要死的人，不仅没成功和幸福，还生着怪病，很抑郁。想想大概就觉得很糟心吧。

我和琼散步回到家之后，我一个人在房间里琢磨琼说的话。我是否真的对家人戒备心太强了，对他们的要求太高了？

其实家人的关心我大概从心底里是知道的，只是我一直在跟他们怄气罢了。我一直怪他们不理解我，不尊重我，不包容我，不无条件地、无私地爱我。我心底里是那么渴求他们的爱和理解，却一直得不到。

"得不到就得不到吧。"我对自己说。

我原来一直觉得自己的少年时期过得很悲伤，心里有创伤，总觉得必须要拿什么去弥补、去填满那么多年情感的缺失。可我现在，就在青岛的夜晚，望着窗外灯光点点的大山，突然觉得：算了，其实不要也可以。

我也想起小时候的一件事：在我还是婴儿的时候，爸爸妈妈常常抱着我出去玩。有一次回家晚了，我在爸爸的怀里睡着了。爸爸说那时突然有一辆车从街上经过我们，已经熟睡的我突然被吓得一激灵，爸爸赶紧连摇带哄才安抚住我。爸爸说从来没见过胆子那么小的人，可我这个胆小鬼还是长到了这么大。

也许爸爸从来不能理解世界上怎么会有我这样的一个人，如此胆小、敏感还不听话；也许他至今还不能接受我这样一个顽固不化的人会是他的孩子。不过在我被世事吓得一激灵而退缩的时候，总有一只大手（虽然也许是笨拙的手）接住我，给我一个可以退身其中的居所。其实有这个就够了。

在整个抑郁时期，很多道理都是慢慢想明白的。来到青岛之后我开始思考"自我"是怎么回事。回忆这几年的各种经历，所受的伤，所获得的，我想明白两件事：

第一件事是人在本质上是孤独的，不可改变。这不是悲观，而是事实，没必要因此而气馁，因为人的孤独使我们每个人都是独特的，也使这个世界有不同和变化。所以没有必要一再要求别人理解你，不理解就不理解，也没有什么。

第二件事是内心强大的人不抱怨，能包容一切。一个人要成长，必须要让自己的内心强大起来。我来青岛的时候应该说已经脆弱到了极点，心里带着伤在他乡漂泊，可是心情却好了起来。所以其实再大的委屈和伤害都能过得去，我想让自己强大起来。物极必反，人在最脆弱的时候会发现内心强大的力量。

这么想着，我打开已经很多天都没有开机的手机，想看看有没有家人发来的短信。果然手机打开之后"嘀嘀"响个不停。打开一看，第一条是爸爸发来的：

"听小冷说你去外地了？去哪里了？怎么不和家里联系？你有

什么想不开的可以和大家交流交流，干吗要跑到外地去呢？家里人都很着急。"

后面两条是爸爸发来的一样的内容：

"看到短信速和家人联系。"

第四条是阿姨（爸爸后来又结婚了哟）发来的短信：

"西西，你怎么去外地了呀？在外边安全不安全呀，一定要找个安全的地方住啊。你带的钱够不够呀？不够的话我们给你打钱呀。你有什么想不通的跟阿姨说说，你一个人去外地也解决不了什么问题是不是，你爸爸可着急啦，快和我们联系吧。"

第五条是表姐发来的信息：

"到外面散散心就赶紧回家吧。"

第六条是大姑发来的：

"听说你去外地了，不知是因为什么原因：是和冷小星吵架了吗？还是身边有什么不顺利的事情？听小冷说你身体一直还是不舒服，并且因此心情郁闷，怎么不回家和家人商量商量呢？大家一起想想办法也好呀。出门在外一定要注意安全，安全第一。别怕花钱，一定住在正规的酒店。吃的东西也要多注意，不要吃坏肚子了。心情好点儿了就赶紧和家里联系吧，至少让我们知道你在哪里。"

六条信息全部是家人发给我的，冷小星的短信一条也没有。

这些短信读起来特别像是苦情狗血电视剧里的台词，以至于让我怀疑里面有多少是真正的关心，有多少是为了让我回家而

179

"制造"出的关心。你看，我就是一个思维如此奇葩的人。我不得不对自己说："Stop!（停!）请切换回正常思维模式。"这么着再一看，每条短信都变成了柔情蜜意的暖心之作，非常真实地表达了他们对我的深情召唤。

我思忖了一会儿，还是决定冒着被骂的危险尝试联系一下我爸。我打开微信，问了一句：在吗？

过了大约十来分钟，我正看小说看得入迷的时候，收到了一个回复：在，你在哪儿呢？

哟呵，还挺沉着冷静，不太像我爸平时的风格，要是平时他早就打电话过来了。

我回答：我在青岛呢，租了一个小房子住。

我爸问：安全吗？

我说：挺安全的，和一个姑娘住在一起。她是房东，她家的一个房间短租给我了。

我爸：安全就好。

我：……

没想到我爸如此高冷范儿，弄得我很不适应。过了一会儿他又突然说：可以视频吗？

我问他：你……会视频吗？

我爸：不会啊，但是阿姨会啊。

我：哦，那行啊。

一分钟之后我接通了我爸和阿姨发来的视频请求，我爸爸红扑扑的大圆脸进入我的视线。接下来爸爸问我："青岛怎么样啊?"

我说："挺好的，城市很干净，有海风吹着很舒服，吃的东西也都很好吃。"

爸爸听着我说点了点头，推了一下鼻梁儿上架的复古小圆眼镜，问我："你有什么想不开的呀？"

"我身体老是不舒服。"

"可是医生不是检查过了，说没有什么问题吗？"

"我不管医生怎么说，我就是实实在在地不舒服，很痛苦。而且你们都不理解我，也不了解我。"

"我们怎么不理解你、不了解你了呢？"

"你们对我有你们的期望，我和你们所期望的不一样你们就否定我。你们总是打击我，随便地说我人格有问题，把所有责任都推给我，和你们在一起我很累。"

爸爸沉默了一会儿，然后说："可能我们跟你交流的方式是有些问题，但都是出于好心。"

"什么叫出于好心？你们是觉得你们只要是出于好心就可以肆无忌惮，对孩子什么都可以做吗？"我大声质问我爸，"我不管你们是出于什么好心，你们所做的事伤害了我这是事实，而且是严重地伤害了我，让我这么多年一直都不快乐。"

爸爸没有说话，我接着讲我的道理，我说："我也是一个人。我每天也只有 24 个小时。我也不是铁打的，我也不是超人，而且我还是一个女生。这些年，我为了满足你们每个人都不一样的愿望，每天都在努力。你以为我的那些好成绩都是白来的吗？我在学校熬夜读书的时候你们谁看到我的辛苦了？我回到家，你们还对我不满足，让我做家务、干活，如果不做就说我人品有问题。我请问你，我的人品究竟有什么问题？为什么我在自己的家里连休息的权利都没有？还有，你们谁真正关心我喜欢什么、对什么感兴趣？你现在说得出来吗，爸爸？你说得出来我有什么爱好吗？"

爸爸的脸变白了，摇摇头说："说不出来。"

"对呀，"我说，"你跟我相处了20多年，你却连我喜欢什么都不知道。你知道吗？一个人生气的话对身体是非常不好的，可你知道我这些年生了多少次闷气吗？你们只会压迫我，要求我一定要按照你们说的做，我除了一次又一次地把气咽下去，我还能有什么办法？我生了那么多气，我的身体怎么可能好呢！"

我一口气把我这么多年憋在心里的话都说了出来，心里觉得非常爽快。

过了半天，我爸怯怯地问我："那你想怎么办？"

我说："我希望你们反思一下你们以往对待我的态度是不是有问题，还有我希望你们今后不要再这样对我了。"

爸爸思考了一会儿，说："好，我以后尽量注意，不乱跟你发脾气了。不过我倒是建议你，以前的事就不要多想了。你老是想那些不高兴的事、计较过去的事没什么用，于事无补。你所提出的问题我们都接受，但是希望你多向前看，活得快乐点儿，这样对你有好处。"

这回轮到我沉默了。没想到爸爸这么简单就承认了自己的问题，我对着他点点头。

接下来气氛比较轻松。我发现我自己一个人出来，家人虽然担心，却没有抓狂。以前我总觉得爸爸在关于我的事上特别脆弱，所以我有什么事都不敢跟他说。如今我发现我想错了，其实爸爸并没有我想象的那么脆弱，甚至在有些方面比我要想得开。想想也是，爸爸的人生也够曲折坎坷的了，他如果没有一些减压、想得开的本领怎么能承受这些呢？

爸爸和阿姨甚至有兴趣来青岛和我一起逛逛，问我有什么好玩的。我说这个城市哪里都挺美的，干净整洁、空气清新、阳光普照，让人心情大好，随便来看看任何一个景点都不错。爸爸听着不断点头，似乎对此颇有兴趣。不过我没敢马上答应他们让他们来找我，因为我猜他们的终极目的肯定是在游玩之后带我回家……我目前还不想回去，难得有独处的时间，我还想再多享受享受。而且既然已经和家人取得了联系，我心里就更没有什么负担了，要知道一个人的时候最容易把种种问题想清楚，我应该好好把握这段时光。

谈话进行到尾声的时候，爸爸突然问我："你和冷小星是怎么回事啊？你这次去青岛和他有没有关系？"

我不知该如何回答这个问题。我和冷小星究竟是怎么回事？我也说不清楚。

"他是个好人，但是我们性格不合，而且我们两个人都不太成熟。"我只能这样回答爸爸。

"嗯，我最近也在想你们俩的事。这几天我跟小冷打过几个电话，我觉得吧，他这个孩子是有些不太成熟的地方，不过还算是个靠谱的孩子。"

"可是我跟他在一起觉得很累。有时候我和他吵完架，他也不来哄我，我有时气得整宿整宿睡不着。我觉得身心都很疲惫。"

"那既然你们俩这么不合，你有没有想过干脆就不要在一起了？"爸爸意味深长地说，"当然我不是说不同意你们俩好，但是你们现在还在谈恋爱就吵得这么厉害，将来怎么办呢？两个人在一块儿，肯定得有一个人多包容一些，多妥协一些。你呢，本身也是性格比较强；冷小星呢，他一个男生又不懂得让着你，你现在身体还不舒服，我觉得你们这么着在一起对你没有什么好处，只有坏处。"

说实话，爸爸分析得很有道理，我和冷小星的感情也的确走到了尽头，我心里也不清楚后面要怎样继续走下去。爸爸看我半天没有回应，又补充道："当然了，最终你们俩要如何，还得你自己决定。"

"可我如果和他分手了，我该怎么办呢？"

"有什么怎么办的？你就回家来呗。"

"我生着病，什么都做不了，还经常难受、睡不着，你们不会嫌弃我吗？"

"我们怎么会嫌弃你呢？"阿姨反问我。

"可我爸以前说过让我不要依靠家人。"

"唉，你呀，现在就不要管我以前说过什么啦。你想吧，我是你爸，我就你这么一个女儿，我还能把你怎么着呀？难道说我还能不管你吗？"爸爸露出一副"你要再不相信我，咱们就没法再愉快地聊天了"的表情，我只好选择承认和相信他。

"就算你能接受我，不嫌弃我，可我后面怎么办呢？一直生病什么都不做吗？"

"有病看病啊西西。咱们大家一起想办法，给你找好的医生看病，你别担心。"阿姨回答了我的问题。

"那我和冷小星分手之后肯定会很难受的。"

"那是肯定的啊，"爸爸接着我的话说，"任何人碰到这种事都会难过的。可难过归难过，要是你们不合适也没法在一起啊。长痛不如短痛，难过也就是一段时间，那没有别的办法，只能自己克服。"爸爸说得很平静，似乎这些他都经历过一般。

"好吧，那让我再仔细考虑考虑吧。"

"嗯，那西西好好想想啊。你在那边也别天天在屋里待着，多去外面走走。我听说现在青岛正在开世园会，你可以去逛逛啊。"

"嗯嗯嗯。"我冲着阿姨猛点头。

"在那边玩累了就回家吧，到时候我和你爸去那边接你。"

"嗯，让我想想吧。"

"好，你自己再琢磨琢磨。"

之后我和爸爸、阿姨互道晚安，就挂断了视频。

我从小到大第一次觉得我爸是那么睿智。他给我讲的都是大实话，但是这些大实话其实都是道理，总结起来一句话：不要怕，只要生活下去。我这么多年来第一次觉得心里安定了许多。我爸是想对我说，不管我们怎么闹，说白了不过是父女之间的内部矛盾，内部矛盾不用特意解决，因为有一件事是没法改变的，就是：

他是我爸，我是他闺女。所以呢，就像他说的：他不能把我怎么着的。只是过去这些年他让我误以为我们之间的矛盾已经升级到"敌我关系"了。现在终于搞清楚了。

我觉得我爸是想说："冷小星那小子对你不好你就别理他了，回家来好了。大不了我养着你，谁让你是我闺女呢。"不知我理解得对不对。而且他还想表达："难受、伤心什么的都是正常事，没什么大不了，都能过去，这些我都经历过，你看我不也走过来了。生活不就是这么回事嘛。"

我在心里暗自点头："对，爸爸，你说得都特对。"

这时阿姨给我发来了一条微信，我一看，上面写着：西西，不管你有什么事想不通，阿姨都希望你不要放弃自己，回家来让大家一起帮助你解决问题。你爸爸有时候对你说话是不太恰当，不过你要知道，你就是你爸的一切，别再让爸爸着急了好吗？

我给阿姨回了一个笑脸，说："我知道了，我明白。"

那天晚上我睡得特别好。不知为什么，我有一种和青春告别的感觉。从16岁妈妈去世之后，在我漫长的"青春期"里，和家人的矛盾一直是我尝试想要摆脱、解决却一直没能成功的永恒议题。我们之间有无数次的争吵、哭泣，对彼此的伤害。我常常感到绝望，觉得我是一个特别可怜的小孩，失去了妈妈，而身边的家人还完全不理解我，甚至不认识我、不知道我是谁。所有所有的这一切，在那天晚上终于迎来了等候已久的和解。

我和青春告别，为它画上句号。

青春期的结束，就是成长的开始。虽然对我来说，它来得比别人都要晚，但它终于还是来了。我很欣慰，想要开始新的人生。

没想到更大的惊喜还在后面。

3. 大结局

我曾经无数次地幻想过和冷小星分手的场景：

  我一个人坐在苍茫大海上的一叶扁舟中随着波涛晃动，船又窄又长，恍惚间我发现原来船的那一头还坐了一个人，海上雾茫茫，看不清那人的脸庞。他一动不动地坐在那里，也随着船摇，摇啊摇，我听见他幽幽地说："抱歉，我要离开了。你很好，但却不是我的最爱。"我的心一下子慌了，说："你不是说喜欢我的吗？"他没有动，又继续幽幽地说："我以前以为是，但后来发现我爱的并不是你。我已经找到了她，很抱歉我必须得和她在一起。"我还想说什么，但话全都堵在胸口，一句也说不出。我看到他突然站起来，还没等我反应过来，他就纵身跳下了船。"你去哪儿？"我大声喊，喊声淹没在海上，听不到任何回音。我看不到他，亦看不到前路，不知道船要向哪儿去。我一个人孤零零地坐在海上的小舟中，这次真的是我一个人了。

这是矫情文艺版的分手。小时候看《青春之歌》，林道静曾经做过一个类似的梦，那时候觉得，哇，真是浪漫神秘到极致了！那时候幻想以后就是分手也要浪漫一把。后来长大了觉得有点儿不现实，不说别的，那男的跳下船算是怎么回事呢？有点儿无厘头。不过这桥段中的台词还是凄清美好足够伤情了，而且风格挺像冷小星，我总觉得分手时他大概会说这样的话。

"你先别走，听我解释。"冷小星追上我。

"没事，其实没什么好说的了。我们在这里决定在一起的，我们也在这里分开。"我盯着后海的湖水，远处酒吧嘈杂的声音一阵一阵飘过来，让我觉得厌烦恶心。我转过头，看着冷小星略带歉意的脸庞，把要涌上来的眼泪强压下去，尽可能平静地告诉他："其实我从一开始就知道终归会有这么一天，你会厌烦我，会受不了我。当你真正了解了我是一个什么样的人之后，就会逃走。"

"不是，小西子，我不是不喜欢你，只是我们没法生活在一起。既然你从一开始就知道会有这样的结局，为什么还要选择和我在一起呢？"

"你是不会明白的，永远也不会明白。"我没做任何解释，头也不回地走了。

这是坚强版的分手，是我想象中自己能做到的最坚毅隐忍的举动。和冷小星在一起后，我心里的确一直认为我们最终是会分手的。我最初和他在一起就像是一个赌局一样，我想要搏一把。所以我一直想，也许最后我会输，可是输的时候我想清楚地告诉他，也告诉命运（如果真的有命运的话），虽然我输了，可我却是从头到尾对结局有着清醒的认识的。我想那样，我就能坦然地面对现实，能够承受得了随之而来的种种痛苦。

当然也想过其他的版本，想得最多的就是各种绝情的方式：冷小星直接离开北京回海南，剩我一个人形影相吊；我千方百计地挽回，却被冷小星完全忽略，自尊心遭受重创，等等。无论是哪个版本都够我蓬头垢面地颓废上半年。

然而现实却是：

我和冷小星坐在青岛的一片海滩上（没想到分手还真是在海边），各自背着一个大书包，坐得不算近，一句话也没说。我听着自己浓重的呼吸声，脑袋里一片空白，心想最后一刻啦，该说点什么好呢？该表现出什么态度呢？怎么样才能表现得既温情又潇洒呢？我感到非常紧张，就像当初决定和他在一起时那么紧张。转头看看他，他倒是一副云淡风轻的表情。

我不知冷小星是怎么成功地找到我的藏身之处的。据他说，我走之后他先在他家附近找了我好几天，后来又在一个周末到火车站去坐了两天。之后辗转从我爸的嘴里知道我在青岛，还在网上找到了一个房子短租。于是冷小星登陆了我的各种实时联络软件：QQ、微信、邮箱、豆瓣账号……终于在我的豆瓣邮件里发现了琼的 QQ 号，然后向琼说了他的身份，琼给了他住址。我就是这样被一干人等出卖了。所以你大概能想象，当冷小星突然发信息给我说他已经到我楼下的时候我有多么惊讶。

"既然你想找到我，为什么不跟我本人联系？"

"跟你联系了你就会告诉我吗？再说是你自己一声不吭就走掉的，我干吗要联系你？"冷小星瞥了我一眼，又扭头看向大海。他倒是一副很有理的样子。

"既然你不想联系我，又为什么来找我？"我反问他。

"那是因为我觉得有些事我还是应该跟你讲清楚。"

得，你看这个人，为了跟我分个手，还费这么大劲儿。

"我让你选个青岛最美的海边，这个就是吗？"

我看看前边这片海滩，水还算清，沙滩也还算干净，天气晴好，看得见海天交接的地方，涛声阵阵，海风习习，这还不算美，还想怎么着啊？

"你不是说要找没人的海边吗，这海滩算是不错的了，还是琼给我推荐的。"

"好吧，那也就忍了，看来青岛的海也就这水平。你来青岛是因为这儿有海？"

"算是原因之一吧。"

冷小星顿了顿，说："有件事我得告诉你。"

我心想，终于来了。

然后他慢慢地说：

190

"我——好——像——得——了——抑——郁——症。"

"啊?"我存了满肚子的什么"分手快乐"、"以后你要多保重"之类的话完全没有了用武之地。我"扑哧"一声笑出来,说:"就你?你冷小星?你得抑郁症了?你不要搞笑了好不好?"

"我已经一个星期没睡觉了。"冷小星静静地说。

我转到冷小星的正面看他的眼睛,真的有很多血丝,看来他没有说谎。

"你为什么不睡觉?"

"我睡不着。其实特别困,可翻来覆去就是睡不着。我还在夜里喝过酒,喝了一整瓶,可还是睡不着。白天也睡不着,眼睛都睁不开了,但是脑子就不睡觉。"

"你在想什么?"

"一开始的两天我在想,我为你付出这么多,可你这个人突然就走了。要是你从此之后再也不回来了,你这个人消失了,那我对你的那些付出算什么?你把我的生活弄得一团糟,你走了,你让我怎么收拾这个烂摊子?就想这些,睡不着。后来我发觉再这么着想下去不行,我得睡觉,可怎么样也睡不着了,本来的生物钟打乱之后怎么也恢复不了。躺在床上,我没有再想你突然走的事,可身体就是放松不下来。到了夜里,我觉得自己这一夜估计又睡不着了,我就想起你以前的失眠来,我就想问问你失眠到底是怎么回事,你后来又是怎么睡着了,可是我到哪里去找你呢?于是我又气起来,觉得你这个人太不讲道理、太神经病了。于是我就更睡不着了,如此往复。"

"哦。所以你来找我是想问我失眠的事情？"

"不是。不过你也可以顺便说说。"

看来还是来分手的。不过反正也要分手了，我就传授点经验给他也无妨："失眠这个事吧主要有俩原因，一个是自身体质不行，身体无法支持正常睡眠；另一个原因就是人过于焦虑，始终处于一种焦虑的状态，这会导致人不容易睡着，即使睡着了也会反复醒，这是我的经验之谈啊。我一直生病，身体不好，气血不足，所以睡眠特别浅。再加上一直担心自己的身体，老是焦虑就更容易失眠了，所以我对睡眠环境老是要求这么高，这你也应该知道。"

冷小星摇摇头，露出一副不屑的神情："你说的这些我早就想明白了。我原来可是沾枕头就着的人，可自从认识了你，常常吃不好、睡不好、坐立不安、身体也差了。喏，我现在都和你一样胖了。"冷小星捏捏自己的脸。

我差点儿没气背过去，心想这人到底是来干吗的呀。

冷小星接着说："所以我才会睡不着。"他顿了顿又说："不过自打我睡不着之后，我倒是体会到了抑郁的人是一种什么状态。我每天懒得要死，觉得特虚无，啥都不想干，一心一意只想睡觉，可又睡不着，痛苦死啦。看谁都不顺眼，谁都不想理。而且感觉那些能睡得着的人都不明白睡不着的感觉，就是睁着眼看着天一点点亮起来、自己一点点虚弱起来的感觉。"

"对啊，抑郁这件事本来就是让人感觉特别无能为力呀！以前跟你说你老是不相信。"

冷小星没有回答，沉默了好久。

"以前的确错怪你了。睡不着的时候我就想，你的难受应该比我这个更严重。"

我看了看他，不能相信这种话竟然出自冷小星之口。

"不过我已经想出了一个对抑郁有帮助的办法。"冷小星冲我眨了一下眼，贴近我的脸颊告诉我。我感觉他吐出的气轻飘飘的，十分温柔香甜。

他一下子拉我站起来，跑向海边。我心想这人不会是打算幼稚地对着大海呼喊什么的吧。没承想还真是。我看着他跑到海边，用两只手做成话筒状喊："喂……"我心想"喂"什么呀，跟谁"喂"呀，海那边又没人。我本想酷酷地站在远处略带嘲笑意味地欣赏这一切，结果冷小星又跑回来生拉硬拽地把我扯到了海边。

"跟我一起喊呀！"冷小星皱着眉头说。

"你不觉得这么着有点傻吗？"

"真的有用。你试试。"说完冷小星对着面前的大海喊道，"我很抑郁呀！"他把声音拖得很长，声音飘荡在海面上。

冷小星偏要我也喊，说对治疗我的抑郁有帮助。没办法，我也喊起来，"那个，我比他还抑郁呀！"声音一下子就被海给吞没了，"喂，这个什么作用也没有啊。"

"你得坚持多喊几句才行嘛，别放弃呀。"接着冷小星又喊起来，"钟西西特别自私，我讨厌她！"

我也不示弱："冷小星比我还自私！"

"她只想着自己怎么难受，从来不想别人，总是伤害别人还不自知！"

"冷小星是世界上最自私的大混蛋，我每天都这么难受，可他特别自我，只想着自己高不高兴、开不开心，一味地气人还不理解我！"我开始明白这么喊的效果了。

"钟西西认为世界上所有的人都应该理解她，就因为她生了病。她觉得她生病都是因为我，我就应该承担她生病的所有责任。可是她有什么资格让所有人都来理解她，她理解别人吗？"

"你看！"我大声喊着，"他又开始谈起他自己了！我的病就是和他有关系，可他从来都不承认这一点，不承认现实！他只想过自自由由、没有责任、没有痛苦的生活，他根本不知道人生有多复杂，以及它的痛苦的本质！"

"钟西西就觉得每个人都得活得和她一样愁眉苦脸、天天焦虑才行！事实上我和她在一起的这几年难道我真的过得不焦虑吗？我天天担心，担心她不让我上班，担心她会突然崩溃、对生活失去信心，担心她怪我，担心我就此和她一起沉沦下去！我有时夜里会突然惊醒，看到她皱着眉头、均匀地呼吸、睡得香，我才能继续放心地睡着，如今我不是和她一样抑郁了嘛！"

冷小星说的这些我从来没听他跟我说过，在我心里一直觉得他是一个满不在乎的神经超级大条的人，没想到他内心里是这么想的。

冷小星继续说着："我有时感到她根本就不爱我，她不过就是害怕面对这一切所以才赖在我身边不走。她跟我在一起好像不是因为爱，而是在让我还债，就因为我在深夜的湖边吻了她，让她生了怪病。可是我亲吻自己喜欢的女生又有什么错呢？以前我是个心情好好的瘦子，如今我却是一个愁肠百结的胖子；以前我每天早起都觉得阳光灿烂，现在每天睁开眼我都觉得不知今天会发生什么可怕的事；以前我每天都随便打游戏、看漫画，现在我经常得听她讲对各种医学原理的怀疑；以前我想的是美好的未来，如今我总是要面对疾病、死亡这些字眼。我以前的确是不知道人生的痛苦，因为我的人生里哪有什么痛苦？可我这几年所承受的比我之前20多年总共承受的还要多，我承受了超负荷的痛苦。我现在终于知道人生是痛苦的，而且其中的每一天都可能是苦不堪言的！"

冷小星越说越激动，声音越来越大，语速越来越快，声调还越来越高。说着说着他居然哭了起来。我有点不知所措，没想到这样的事会在这样的时空发生。我轻轻拍拍冷小星的肩膀，问他："你怎么了？"

冷小星转过头来大声地抽泣，大滴大滴的眼泪垂直地从他的大眼睛里掉落下来，我从来没见过哪个男生的眼泪这么大颗的。我想起平时冷小星哄我吃药的时候我总是说苦，他就切一小块冰糖放在我手上，让我喝完药就可以含在嘴里；我想起冷小星为了能让我多吃东西，自己按照菜谱做我喜欢吃的菜，但味道总是不对；我想起冷小星带我去泡温泉，回家的路上夸我脸色红扑扑的，还说我就是当贵人的命，以后要多挣钱才能带我泡温泉；我想起冷小星每天晚上睡觉前和早上醒来的时候都在我的额头上亲一下，我还想起了很多很多……

是，我承认，我对冷小星要求太高了。因为我总觉得人应该是承认现实、承认自己的过失、承担责任，亲切，温和，有着无穷无尽的能量、有智慧，聪明、博爱、专一……总之我对他人的要求近乎完美。

我大概是苛求了别人，尽管我觉得人就应该那样，那样才是正义的，但我没有意识到的是，人都不可能是完美的，谁都没有这个能力，就连我自己也不是正义的，而且大概有时候还非常不正义。

想起往日种种我很难过，其实我本该能想象，对于一个从小生活十分顺利、对有当医生的父母的小孩儿来说，认识到人世间的苦是一件多么困难的事。大概他完全没有这种意识，不知道该如何去理解、面对和解决。但我没有，想起自己的痛苦我便觉得，为什么这个世界上有人不明白痛苦为何物，为什么人与人之间那么不公平，有像我这样的人从小就看到和经历各种各样的复杂、黑暗、痛苦，但另一些人却可以丝毫不在意他对别人造成的影响而自顾自地活着。

可冷小星的确是个无辜的人，在某种程度上我确实一直在折磨他。我想起有时候早上我睁开眼，他也睁开眼，我头发乱糟糟，他头发乱蓬蓬，我们睡眼惺忪地看着对方。我有时候会捧起他日渐发福的圆脸，发现他依然是我喜欢的那个人，虽然他眉毛很粗显得阴郁腹黑，但眼神却挺清澈。如今我伤害了这个我喜欢的人，我把他变成了知道世界是很痛苦的一个人，他现在受不了，要离我而去了。

冷小星生生把一场"好心分手"搞成了虐心狗血剧的戏码。

我们为什么就不能像我想象中那样唯美洒脱地分手呢？我转身离开海边往回走，走着走着又跑起来，我想我就这么跑开我们也就算是分手了吧，离开彼此的生活。我不想再解释什么或是质问什么了，因为我们的种种疑问无一不是纠缠在一起的，说不清楚是谁错了。既然最后的结果是这样，还不如就赤裸裸地直接接受结果来得自然、痛快。

我的手突然被人抓住，是冷小星追了上来。

"你去哪里啊？"

没办法，我对他说："这几年你承受的痛苦比之前20多年承受的还要多，所以你不就是来和我分手的吗？现在该说的也已经说得差不多了，我也该走了。"

"你觉得我是来和你分手的？"冷小星问我，显得有些吃惊。

"难道不是吗？你刚才不是一直在喊你有多么讨厌我，我对你有多么差吗？"

"是啊。"

既然是，那不就是要分手嘛。我等着冷小星的下文，谁知没有下文了。过了半天，冷小星终于说："有个东西我必须得给你。"说着他把手伸进他的背包，使劲地翻找。他找的东西似乎不大，所以他来来去去翻了好久，最后我看到他掏出一个塑料袋，袋子里好像装着一个什么盒子。他打开塑料袋把里面的盒子递给我，我一看，是个很旧的铁皮盒子，边缘已经有很多地方磨损了，盒子上面是一个红色的火车头，上面印着黄色的英文字。

"这是我小时候最喜欢吃的一种饼干的盒子，是迷你版的，我只吃过这一次，因为当时是一个亲戚偶然从国外带回来的。但因为太好吃了，就一直留着这个盒子。这里面装的是很珍贵的东西。"冷小星向我解说着。

我有点儿好奇地小心打开铁皮盒子。我看了一眼盒子里装的东西，又盖上盒子的盖子反应了几秒钟——盒子里装的是一个指环。我仔细想了想，觉得眼前的场景怎么也不像是求婚的场景，虽然我在看到戒指后的第一个反应是有一丝欢喜，但随后我就告诉自己一定要冷静，这不可能，别会错了意。

我再一次打开盒子，拿起那个指环看了看。还真是一个指环，上面没有镶嵌任何东西。指环中间是断开的，两端上下排列，并没有连接在一起，造型很秀气，看起来也很新。我心里一下子又紧张起来，虽说没有镶嵌钻石，但也不是没有可能用来求婚，没准冷小星神奇的审美就喜欢这种神奇的造型呢？

我抬头看了一眼冷小星，他正带着一丝似有若无的笑意看着我。

我问："这是……"冷小星在我说话的中间就点起头来，一直点。"是……铂金的吗？"冷小星愣了一下，可能是没想到我会问这样一个问题。随即我意识到，他刚才的点头很可能是在承认这个戒指确实是表明他的某种关于永久相守的意愿的。如果是那样，那我问的问题显得好蠢……

冷小星踌躇了好一会儿，似乎有点为难，然后他说："不是，是银的。"

我一下子就明白了，原来是分手礼物！

随即我有点生气。这个人有必要分手的时候拿个戒指来折腾吗？难道他不知道戒指一般而言是什么意思吗？我知道了，这个人送我这个是希望用这个东西时刻提醒我，时刻套住我的心，让我永远别忘记他，真是用心险恶。

我略带敌意地对他说："你知道吗？分手的时候一般是不会送戒指给对方的。"说完我故意扭头，大口地呼吸，排解心中的郁闷和不忿之情。今天天气晴朗，我本打算吃过早饭去青岛的书店逛逛的，结果一大早不到 8 点就被冷小星的短信吵醒，带着他坐了挺久的车又走了好远，好不容易找到他要求的海滩，结果却被他各种戏弄，这叫什么事儿啊！

"什么啊！"我听到冷小星的抱怨，随即他抢走了我手上的指环。正当我想着这人真小气，被人说一句就把东西抢走了的时候，冷小星以迅雷不及掩耳之势"哐"的一下单膝跪在了地上。

这次我再也不上当了。我瞪了他一眼，说："冷小星，你别再闹了好不好？我真不明白你这样做有什么意义。"

"我没闹。"冷小星的眼睛也瞪得大大的。

我问他："你的意思是说，你现在单膝跪地是在跟我求婚？"

冷小星停了一秒钟，笑起来，笑里带着一丝羞涩。亏他还能笑得出来。

之后他点点头。

我被这个人彻底打败了，依然没法相信，我问他："你刚才不是还说跟我在一起很痛苦吗？不是说跟我在一起所受的苦比之前

20 多年所有的苦加起来还要多吗？现在又跟我求婚这是怎么回事啊？"

冷小星"腾"的一下站起来，抱住了我，我躺在这个久违的怀抱里，听见他说："是，我确实很痛苦。自从你莫名其妙地来到我身边，搬到我家来住，我便开始认识到生活是那么痛苦，活着是那么不容易。之前我一直想摆脱，有时不甘心就此失去以前自由的生活，可直到你这次走了之后我才深深地感觉到，正因为这些痛苦，你带给了我一些别人无法给我的东西。我每天生活在很多麻烦和挫败当中，可正因为这样我就越加珍惜那些快乐的瞬间。跟你在一起我被你生硬地灌注了很多责任感在身上，我每天都得对你负责，我觉得压力很大，可当这些压力突然没有了的时候，我却觉得心里空落落的。你走了之后，我打过游戏、想要疯狂地看漫画，可做了一会儿这些事就没有动力了，觉得没意思了。

"我讨厌你，痛恨你，因为你把我弄得很奇怪，我再也不是原来的自己了，但你却突然一下子走了，而且我根本没法找到你。睡不着的时候我因为心里的空虚而恨得牙痒痒。有时候我蒙蒙眬眬似乎要睡着的时候就想起以前跟你一起看电视、逛超市，我突然发现我所求的也就是如此，我只是想好好地和你在一起，哪怕要面对各种各样的烦心事和痛苦，只要和你在一起有那么一些快乐的时刻，我就很开心了。可是如果没有你，没有那些快乐的时刻，我突然不知道我每天这样生活，去上班、下班、看电影、打游戏、看漫画、吃东西还有什么意义。看到你挂在我家门后挂钩上的外套，我就想起你的胖脸，我就想胖脸小西子现在在干吗，我的心里就一紧，怕你在外边出什么事，我就坐起来，在黑夜里叹气。我那个时候，就明白了平时你总是想要把我拴在你身边的感觉，因为我分给你的时间和精力太少了，没能给你安全感。那个时候我也想像你一样，把你拴在我的身边，可我却不知道你在哪里。

"和你在一起之后，被你胁迫地也好，我自愿地也好，我接触了好多我以前根本不会想要接触的事。以前我常常会做梦梦到小时候，那时候天天想的都是那种小小的、淡淡的愁绪，想的是一些特别自我的东西，而且我还不愿意分享给别人，不想让别人知道，因为我觉得那是我自己的秘密。但后来我跟着你看到各种各样的人的生活，被你逼着去学中医，看你写的小说，与你谈论文学，跟你去教会思考信仰的问题，看心理医生，跟公园里锻炼的大婶讨论跑步的心得……我渐渐发现人和人的生活是那么不一样，远远超出我原来的想象，人生有痛苦也有欢乐，必须要做出自己的承担，但我一直没有意识到这种改变，直到你离开的这段时间我才发现自己已经完全不一样了。

"所以我想一直和你在一起，希望你能答应我。我帮你找好医生，一定帮你把病治好，然后请你让我挣钱养活你，供你在家吃喝玩乐写小说，你心情好的时候陪我看看电视、出去遛遛弯散散步我就很开心了，可以吗？"

我的脸早已流满了泪。我没想到冷小星会说出这些话。我使劲擦掉脸上的泪水，不想让冷小星看到我如此脆弱，没办法，我眼窝就是浅，心里已经被感动得一塌糊涂了，不过我还不想让冷

201

小星嘲笑我。

我故作镇定地说："是谁允许你站起来了？"

冷小星这才发现自己刚才过于激动站了起来，赶紧又重新跪下，说："我爸从小就告诉我说'男儿膝下有黄金'，你就别让我跪那么久了，答应我吧。"

我说："你这么说是因为不知道那句话的下半句是什么。"

"是什么呀？"

"男儿膝下有黄金，只是未到情深时。面对心爱的人跪再久也值得。"

"哦，真的吗？"

"当然是假的了，我自己编的。"

我言归正传，问他："怎么不是钻戒？"心想说了这么一通好听的，结果拿个银戒指就把我打发了也太没诚意了。

冷小星抬头问我："你不觉得这么问显得你太虚荣了？"

我狠狠瞪了他一眼，他赶紧说："算我多嘴。"

之后他低下头小声说："我现在存的钱不太多，我想给你买个一克拉的钻戒但存的钱还差一点点。我不想将就，所以先买个便宜的银戒指圈住你，等下个月我发了工资，再带你去换大钻戒。"

我又一次被冷小星如此"土豪"的思维所打败……

我和冷小星坐在阳光灿烂的海滩上，心情大好。海浪一波接一波地打过来，我靠在冷小星的肩膀上，我俩喝着刚刚从远处买回来的热奶茶，爽到不行。

他问我："你现在在想什么？"

我答："想到小时候的一篇课文。"

"什么课文？"

"蓝色的大海上，扬着白色的帆；金红色的太阳，从海上升起来。"

"听起来好像很幼稚，是在幼儿园里学的课文吧。"说完他嘿嘿笑起来。

我说："我觉得自己很奇怪。我特别喜欢上学时候的那些语文课本，一直都保留着，尤其喜欢幼儿园和小学时候的课文，每次看那些课文，我都觉得特别特别美好。你说我这种喜好奇怪不奇怪啊？"

"嗯，也许是因为我们家小西子心里就是一个长不大的小孩儿。"冷小星捧起我的脸，用手指按按我的鼻头。

"有可能是。"我点头表示赞同。

之后我们沉默了一小会儿，静静听着海浪带来的涛声。

"你知道吗？"我在静默中对冷小星说，"我小时候看过一篇散文叫《我与地坛》。"

"哦。"冷小星转过头听我继续诉说。

"那篇散文讲的是一个很喜欢写作的人，他的双腿残疾了不能走，每天只能在轮椅上生活。他非常绝望、烦躁不安，所以经常到离他家很近的地坛公园去散心。他在公园中想各种问题，遇到各种人，也偷偷看他妈妈来找他。后来他妈妈去世了，他非常想念她，于是就把这些故事写成了这篇散文。这个作家的名字叫史铁生。"说完这些，我停下来看着冷小星。

他问我："后来呢?"

"后来呀，"我说，"后来我觉得我很像这个故事里的主人公，和他有着相似的经历。"

"相似的经历?"

"是啊。你看我们都失去了妈妈，身体上都有某种程度的残缺，他是腿不能动，我是肚子天天不舒服，都对人生的意义感到迷茫和困惑。小时候我看这篇散文看到的是母爱，其他的内容随着时间流逝记不清楚了。最近我又想起这篇文章来了，我十分想知道史铁生那一年在公园里对于生命的追问究竟得出了什么结果。"

"于是你就把这篇文章又找来看了?"

我点点头。

"结果是什么?"

"作者说一个人出生了就是一个事实，而且在承认这个事实的时候也就顺便保证了它的结果，而且人人的结果都一样，那就是死。所以'死是一个必然会降临的节日'，根本不必过多地去想。既然还不想死，那想的就应该是怎么去活，想的就应该是选择一种什么样的生活了。作者就选择了写作，他说因为他活着所以他得写作。他就拿着纸和笔到地坛的树荫下面去写，每天都去，日复一日，年复一年。"

"听起来是个很有哲理的故事。那你有什么感悟?"

"我觉得人是很渺小的。小时候我老觉得人是很大的，我老觉得自己是一个多么独特的人，现在我却觉得我是一个很小很小的人。然后我觉得每个人都是不同的，有的人健康、聪明、一帆风顺，有的人从小多病，有的人残疾，有的人穷困，有的人遇到严厉的父母……人人都不同，但每个人都得找到适合自己情况的、能让自己活下去的方式。每个人选择的生活方式也都是不同的，但只要让自己能还算幸福地活着，我就觉得已经是成功而伟大的了。"

"我觉得你好像想通了很多道理耶。"冷小星笑眯眯地看着我。

"还有最后一个感受，就是我没想到这么多年前看到的一篇文章还能让我这么感动，教会我这么多道理，而且是真的对我有帮助的。"

"对啊，文学就是一种很神奇的东西，我一直都是这么觉得，因为文字可以流传，即使是几百年之后的人仍然可以从中看到很多东西。"

"呀，没想到你这么有文化！那如果我当一个作者，把我的这些经历写下来给别人看你觉得怎么样？"

"啊呀，那很好呀。"冷小星握住我的手，上下摇晃。

"因为我觉得这个世界上一定还有和我一样的人，在某个时候遭遇人生的低谷，不知道怎么办才好，也许很绝望。如果我的故事能够鼓舞他们，让他们能从中获得温暖就好了。"

"对啊，而且你经验这么丰富，试的方法那么多，读者会从那些方法中找到解决问题的途径也说不定呢。那你一定要好好写啊。"

我重新靠在冷小星的肩膀上，对自己找到生活的目标和意义而欣喜，也对自己爱的人们都能理解我而满足。我们又沉默了，海滩是那么美，我和冷小星已经好久没有如此平静和快乐地这么待着了。

　　许久，我问他："你现在在想什么？"

　　他说："我想回海南。"

　　我问："为什么？"

　　他说："那里的天比这里更蓝，海滩比这里更美，我想带你去拍婚纱照。"

　　"那里还有什么？""还有清补凉、海南粉、文昌鸡、咖喱鱼蛋和各式各样的小吃。那里还是我的故乡，我想带你回我从小长大的地方去看看。"

　　"好多好吃的呀！"

　　"……你敢说你不是一个吃货嘛！"

　　我和冷小星嬉笑地站起身，离开海滩。

附录——减压10 Tips

写完《男友说我得了抑郁症》这部作品已经有一段时间了，这次出版，编辑肖小姐特别建议我给大家分享一下我日常减压的一些小方法和小建议。肖小姐说，其实很多人都有抑郁和情绪紧张的时候，在生活中碰到一些变化的时候会不适应，然后就会焦虑，想很多，比如工作遇到瓶颈的时候呀、刚结婚的时候呀、宝宝刚出生的时候呀，对于年长的人来说还有孩子第一次离家的时候、退休闲下来的时候，这些时刻对于我们来说都是不熟悉的，有那么多迷茫，那么多困惑，甚至会有悲伤、愤怒等。我希望自己的这些小方法能在这些艰难的时刻给你一点支撑、一点缓解，哪怕只是一点点。

---

❶ 瑜伽

适用情况：失眠、身体亚健康

需要准备：一张瑜伽垫、一台电视或电脑、一段瑜伽视频

我一直比较喜欢瑜伽这种运动，因为它不剧烈，相对其他运动来说它没那么痛苦（呵呵呵）。最近我发现瑜伽这种运动对于治疗失眠真的是很有帮助。我有一段时间睡眠特别不好，有一点声音就醒。特别是上班的时候，我

是那种一想到睡眠时间低于 8 小时就会焦虑的人，所以一旦超过晚上 11 点还没睡，我就会担心然后就真的睡不着了。虽然我这种想法听起来很奇葩，但后来我发现身边因为有这种想法而神经衰弱的人还真不在少数。

不过瑜伽是一种很好地解决这个问题的方式。我推荐大家睡觉前一个小时做些瑜伽运动，网上有专门练瑜伽的视频，入门级的就可以，一般找 40～50 分钟左右的视频。动作都不会太难，重点是讲解得比较详细，而且会配合呼吸。呼吸是很重要的，缓慢的呼吸可以让身体内的氧气水准提升，安稳身体的整体机能节奏。一般做完十几个动作，最后会有一个冥想放松，不要跳过这一段直接结束，这一段也要很仔细地做完，你会发现你有一点点疲劳想休息的感觉。然后就可以喝几口水上床、读两行书就睡了。这种晚上我一般都睡得很安稳，一觉到天亮。而且，如果你选择的视频是重点练习腰和腿的，长期练习还能有些塑形瘦身的效果哦。

---

❷ 欢乐的美剧

适用情况：特别不开心和愤怒的时候，悲伤得不知道怎么办的时候

需要准备：一台能上网的电脑

这种情况是很多的吧：跟男朋友或老公吵架的时候，心想怎么会有这种人，生气地想要砸东西；再不就是受了委屈觉得世道真是不公正，而且不知道怎么解决眼前的问题，简直是走投无路。这种时候我就会搞点可乐、来点小吃，在电脑前看情景剧，有时候一连看几个小时，然后心情就好起来了。我觉得美剧就是有这种功能，它会让你把生活中的一切都乐观化。

我推荐几个经典的情景剧：《老友记》、《威尔和格蕾丝》、《欲望都市》、《生活大爆炸》、《破产姐妹》、《屌丝女士》（德剧）、《老妈》、《神探夏洛克》（英剧，绝对可以把它当喜剧来看）等。如果你不喜欢这种喜剧类型，那么超级英雄剧也是不错的选择，适当追一两部漫威的剧，如《神

盾局特工》、《闪电侠》之类的，也能让你换个思维、忘掉烦恼。

❸ 换个环境一个人独处

适用情况：长期疲惫、处理的事务或人际关系过于复杂时

需要准备：一定的时间和一定数量的钱

如果你的工作和生活是那种压力特别大，会有很多人际关系的种类，常常忙得焦头烂额或是苦于人际关系复杂的话，那么每过一段时间，你可能就需要用这种方法来给自己放松一下。一个人独处你可以选择做自己喜欢的事，看看书、听听音乐、练练字，四处逛逛都可以。一个人旅行是最好的，真的可以让自己彻底安静和放松下来，如果你不喜欢或者是没时间进行长途旅行，那么一个人去泡泡温泉、逛逛街，甚至只是去咖啡馆坐着看看书都是好的。

❹ 给自己设定一个理想

适用情况：总是消极、空虚，总是感到无聊

需要准备：思考就行

如果你是那种觉得人生非常空虚无聊，有时会不知道生活的意义的人，那你非常需要做这件事。其实就是想想自己想成为一个什么样的人，这辈子想做成一件（或几件）什么样的事。比如我，我原来也是一个没有理想的人，我常跟别人说我没什么野心，觉得所谓一定要成功一定要怎样都是极其无聊和无意义的事。这和我大学时接触过的一些解构主义的理论对我的影响有关。但后来我觉得再这样虚无下去本身也不是件好事，便开始思考有没有自己想做成的事。后来我觉得写作仍然是一件美好的事，是我想做的事，于是我的理想就变成了：成为像我喜欢的村上春树那样，既叫好又叫座的国际水准的作家。这个理想足够大，它使我有足够多的事可以做，不会再感到那么无聊空虚。

❺ 早睡觉

适用情况：日常减压，让自己长期保持好心情

需要准备：早点儿上床啰

　　早睡觉基本算是一个日常级的减压方法了，长期做的话能让自己稳定地保持心情愉悦和身体的健康。因为我们的身体从晚上 11 点开始排毒，坚持在 11 点前入睡的话，肝和胆会在正常的时间将毒素排出去，从而保持我们的身体健康。值得说明的是，肝和胆的健康情况对心情的好坏影响颇大，所以你会发现坚持一个星期早睡，会使你的早上越来越振奋和心情愉悦，那么就继续坚持下去。

---

❻ 坚持自己的社交

适用情况：适用于一些经常关注自己身边某一个特定的人而感到烦恼的人

需要准备：经常与自己的朋友保持联络

　　小的时候我是个特别敏感的人，初中毕业时我因为最好的朋友没能和自己上同一所高中而伤心，整整一个暑假都很悲伤，食不知味，常常默默流泪。后来我就得了轻微的厌食症，一闻见做饭的油味就恶心，日常的饭菜根本吃不了，只能吃特别清淡的东西。去医院看病时，医生说我得了浅表性胃炎。那时候我妈妈非常担心我，有一晚她就和我说我不应该把所有的精力和感情都过多地倾注在一个人身上，她说："那样你会很容易受伤。"这是为数不多的妈妈教给我的生活的道理，所以我一直记得。因此，有自己的社交是很重要的，它会让你在对某些人失望的时候帮你找到情感的平衡和自信，而且拥有一些朋友也让你能够从不同的朋友身上学习到更多的东西。

---

❼ 养一只小动物

适用情况：常常悲观、总觉得自己缺爱的人

需要准备：有时间有精力而且不怕动物

养一只小动物对于消除抑郁的情绪来说，效果真的很显著。 因为第一，养小动物会耗费你的时间、精力，让你没有那么多时间想那些烦心的事。 第二，小动物是通人性的，经常会做出让你感动的事，会让你开心。 第三，萌萌的小动物让你感觉在看到它的那一刻，坏心情就一扫而光了。 不过做这件事需要一定的金钱消费，需要你花费比较多的时间、精力，算是投入比较多的一个方法，但是我觉得效果真的很好。 如果怕耽误太多时间，可以考虑养猫咪这种比较独立的小动物。

---

❽ 有时间的话适当参加一些公益活动

适用情况：总是沉溺于自己的不良情绪无法自拔

需要准备：爱心和时间

做公益活动这件事不需要你经常去做，偶尔去做一两次，比如一个月一到两次就很管用。 在心理学中，有一种让人获得幸福感的方法是帮助他人。 因为在你帮助他人的时候你会发现，这个世界上每一个人都有自己需要面对和解决的问题和困难，不是只有你一个是那么可怜，那么无力。 当你再一次面对问题需要解决的时候，你就会多一分信心。 另外就是，帮助他人可以使你获得成就感、帮助你建立更多的社交关系，这些都是有利于心理健康发展的重要因素。

---

❾ 去明亮的地方做轻松的事

适用情况：特别悲伤时的紧急方法

需要准备：出门的勇气

这个方法基本算是一个最简单的急救方法了，适用于特别伤心、无法独处的时刻。 很多人失恋之后会有很长一段时间缓不过劲来，但又不可能总是找朋友出来聊天；或者是有的人在工作中遇到一个很奇葩的上司，使自己的职场生活看起来黯淡无光；或者是亲人去世，或者自己的身体出现比较严重的问题。这些都是会对我们的情绪产生特别大影响的事件。当你因为这些事而烦躁不安，无法保持正确的心态时，我建议多去明亮的地方，比如大厦、商场、天气好时的公园。你就在里面坐坐、逛逛、走走，都会对你的心情有所缓解，千万别一个人待在家里哭。

---

⑩ 要保有正确的信念

适用情况：适用于各种心理问题

需要准备：《男友说我得了抑郁症》

保有正确的信念应该是最重要的一个方法，也是所有其他方法的基础。我在这里分享几个对我来说收获很大的信念：有勇气拒绝别人，而且别对自己太苛刻。如果你是那种从小被家人严格要求的孩子，记住这点特别重要，它能让你活得轻松起来，你要记住人永远没法百分之百对他人负责。然后是：不用着急，慢慢来，一切都来得及。要坚信只要坚持去努力，最终一定会获得成功和肯定，只是时间的问题，所以无须着急。最后是：成不成功，不是别人说了算，问问你的内心，你觉得自己是否做了正确的事。这会让你不忘初心。

当然，如果你觉得这些道理太抽象，不好理解和实施，那不妨仔细阅读本书中的故事，如果你深深去体会其中的苦与甜，相信你很快就会理解这些生活理念。祝大家都在生活中拥有最美好的！祝快乐！

后　记

先说两件我经历过的事：

毕业前我在一家出版社实习，每个月都有"评书会"，由营销部门给大家介绍最近出版社已经出版和即将出版的重点书。有一次我印象特别深刻，营销中心的主任在分析了上一个月图书市场的综合排名之后，说："实际上你看现在不同种类的畅销书，不管它是经管类的、心理自助类的、文学类的、时尚类的、人物传记类的，它其实都在讲一个事儿，那就是'成功学'。人怎么样才能成功，获得心理和物质上的满足，能幸福。所有的畅销书都是在从不同的角度介绍不同的'成功方法'，因为人人都喜欢看'成功学'。"我当时觉得他说得特对，一下子就概括了所有畅销书的畅销原因。

第二件事是最近发生的：我爷爷80岁了，最近略微有点情绪不佳。他的腰和腿脚经常不舒服，不太能出去多走，而我奶奶经常忙于家务，疏于和爷爷沟通交流，爷爷只能每天看电视，感觉他有点消极。后来我想应该多抽一些时间陪他们去公园走走，但是因为爷爷、奶奶腿脚都不是特别灵便，所以我想找那种有电瓶车的公园，这样他们走累了可以坐车逛公园，省得总是推轮椅去，他们都不爱坐。可惜的是，我上网查了很久，发现北京只有奥林匹克森林公园和朝阳公园有这种电瓶车，两个公园离爷爷家都不算特别近，很难常去。我也想过带爷爷、奶奶去看电影，可惜的是，放眼望去根本没有适合他们看的内容，只得作罢。我的爷爷原来是个外交官，本来是个谈笑自得的人，但我现在却能深深地感觉到他的孤独。可在这个城市里，我找不到能令他开心的地方；在当今的文化里，我找不到能令他畅快的戏码；在这个社会里，我也找不到对这些孤独人群的关注。

说了这么多，其实是想说：这么多人关注成功、这么多人想成功，也许有些人千方百计地要去成功，那么那些不成功的人怎么办呢？我当然不是说成功不好，人有理想，去奋斗、努力当然是好的，可在这个世界上还有那么一些正在沉默的痛苦中的人，他们甚至连想想成功这件事的资格都没有，因为他们连生活下去都很难。

我说的这种痛苦并不仅仅指的是贫穷、残疾这些显而易见的、人人都能想到的困境，还有莫名其妙的病痛、年华老去所带来的各方面的退化、难以愈合的心理创伤，以及心理疾病等各种或多或少、难以言说、不被理解和认可的绝望。每一个人在自己一生中的某一个时刻，都很可能会遭遇到这种情况，有些人遇见得早，有些人晚。有些人很幸运，能从困难中走出来，有些人则陷入泥沼久久无法摆脱。

我想为这些"沉默的大多数"发声，所以我写了这个小故事。

我的故事不一定算典型，相比于其他人的经历来说，这个故事也许只能算作一个"青春的伤痕"，但我想借由这个故事分享出去的是：我们在艰难的生活中虽然有绝望的时刻，有不被理解和孤独的时刻，但我们仍得活下去、不能放弃。另外这个故事还涉及每个人在成长过程中必然会遇到的一些问题，以及我在摸爬滚打中想通和解决其中一些问题的经验。

在写这篇后记的时候，我回想起我决定写这本书的情景。那是去年快要到冬天的时候，我毕业不久，刚刚被一家所谓的"创业公司"以非常奇葩的理由（就因为我向公司老板建议，不要让员工在刚装修完不久、甲醛还超标的办公室工作）辞退，随即成了待业青年。在找下一份工作的间歇，我发现豆瓣阅读新开了连载专区，就在想我能不能把自己的作品放上来。那时我身体的不舒服已经持续了两年多了，情绪常常游走于崩溃的边缘。我感到郁闷，压力不可纾解，与男友的关系也十分紧张。我甚至不愿意出门，不愿意和其他人交流，自己的痛苦连对家人也不想说。那时我还愿意书写的唯一动力是那么多年自己没有中断创作的习惯，以及我相信这个世界上还有与我一样，需要被关爱、被理解、被启迪的人。这个写作本身对我也是一种自我救赎，因为通过重述故事，我自然而然地想通了很多道理。

我感到幸运的是，最后我完成了这本书，尽管中间有很多次我因为各种各样的原因想要放弃，但我毕竟坚持了下来，对此我非常感恩。

因为这篇连载，很多情绪不佳和身体不适的读者通过各种方式向我咨询，在帮助他们及分享自己经历的过程中，也让我深深感到自己是何其幸运，虽然遇到生活中的困境，但身边的人一直在鼓励我，没有放弃我，这使我遇到的问题也在一步一步地得到解决。

如果说现在还有什么想跟读者们分享的，那就是我觉得：人都不是完美的，所以不需要苛求他人，更不需要苛求自己。与其抱怨人和事，不如自己修养身心，随心所欲不逾矩，好好生活下去。

还有就是：有时候胆大比畏首畏尾要好。

最后我要感谢豆瓣连载给了我这个平台，以及在连载的过程中，编辑们为这个连载所做的一些工作。我要感谢有超过一万的读者一直以来对我的作品的支持和关注，因为有你们，我才能不断地向前，不断地写，重拾写作的美好。我还要感谢我的家人和男友对我写作事业的支持，让我没有后顾之忧。最后我要谢谢我的母校母系（就不直接说全名了，怪不好意思的）P 大中文系在 8年的时光里将文学深深刻入我的人生轨迹之中，使我以后无论甘苦，至少有它相伴。

（原文写于 2016 年）